Wolfgang Kolrep

Koli's Sylt Geheimnisse

und seine liebsten Insel Krimis

AF284168

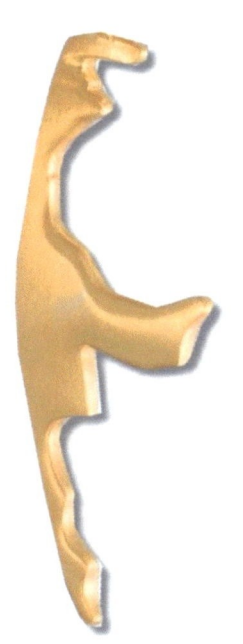

BoD-Verlag

Norderstedt 2022

Bibliografische Information durch die Deutsche Nationalbibliothek

Die Deutsche Nationalbibliothek verzeichnet diese Publikation in der Deutschen Nationalbibliografie; detaillierte bibliografische Daten sind im Internet über http://dnb.dnb.de abrufbar.

AZIMUT
Wilhelm Vahland, Stud. Dir. a.D.

EIN KLEINES BAUM- UND NATUR-BÜCHLEIN
Renate & Uwe H. Sültz, Journalisten & Autoren

TYPICAL GERMAN FOOD
Renate Sültz

OLDTIMER SERVICE
Uwe H. Sültz

DES KOMMISSARS BESTE KRIMINALGESCHICHTEN
Hans Schemberg, Polizei Kommissar a.D.

© 2022 Wolfgang Kolrep   Sültz Bücher

Herstellung und Verlag: BoD – Books on Demand, Norderstedt

ISBN 9-78375-3-45486-3

Inhalt:

Liebe Sylt-Freunde,

Die Insel Sylt ist immer eine Reise wert. Ob Norden, Süden, Westen, Osten oder die Mitte, überall ist es schön. Natur und Luft sind wunderbar. Und die Versorgung an Lebensmitteln und anderen Waren ist so wie auf dem Festland. Das war nicht immer so. Zu meinen Anfängen gab es nur wenige Lebensmittelgeschäfte. Es lohnte da schon, dass man sein Auto bis unters Dach auf dem Festland vollpackte und die Shuttle-Gebühr bezahlte. Heute sind alle Lebensmittel-Geschäfte auf der Insel zu finden. Damals konnte ich Gästen natürlich immer den Markt in Westerland empfehlen. Wir genossen früher die Insel pur. Es war von List bis Hörnum wenig gepflastert, das Auto stand da, wo es eben ging. Heute ist alles wunderbar angelegt und organisiert. Viel wurde auf der Insel investiert. Es hat sich gelohnt. Schauen Sie es sich an, wenn Sie die Insel besuchen. Aber es gibt auch Insel-Geheimnisse. Zumindest sind es heute Geheimnisse... früher kannten diese Geschichten alle Sylter. Mit der Zeit wurden sie vergessen und so wie es aussieht, werden sie in Zukunft vergessen werden. Hauptsache das „Moin" bleibt der Insel erhalten. Übrigens nur „Moin", nicht „Moin, Moin".

Nach meinem Insider-Wissen stelle ich noch meine Lieblings-Krimis vom Autorenpaar Renate & Uwe H. Sültz vor. Es handelt sich um das SONDERDEZERNAT HÖRNUM 1.

Ich wünsche von Herzen, dass jeder Sylt genießen kann, denn wir alle sind „herzlich willkommen!"

Moin auf Sylt!   Euer Koli

Drei Jahre lang stand das 33 Meter hohe Riesenrad in List auf Sylt. Seit 2020 steht es dort nicht mehr, der Vertrag wurde nicht verlängert. Schade, der Blick über die Insel war wunderbar.

Alte Panzerstraße

Heute kann man noch etwa 3,7 km auf der im ZWEITEN WELTKRIEG gebauten Straße fahren... Sylter nennen sie ALTE PANZERSTRASSE!
Im Norden der Stadt Westerland wurde ein Luftwaffen-Lazarett gebaut, die heutige Nordsee-Klinik. Es entstand auch eine Marine-Siedlung, einige Häuser wurden mit Luftschutzbunker gebaut. Ab 1940 war die Küste Übungsplatz für eine mögliche Invasion von England. Massive Bunkeranlagen wurden gebaut, schwere Geschütze in die Dünen verlagert.
Bis zu 10000 Soldaten sollten eingesetzt werden. Westerland wurde die Kommandozentrale. Luftwaffen-Flack-Stellungen wurden errichtet.

Die Unterkünfte der ehemaligen Flack-Batterien blieben erhalten, wurden teilweise überbaut. Die damalige Panzermauer wurde in das Abwehrprogramm mit einbezogen. (Informationen von Wilhelm Vahland, Stud. Dir. a.D. & Koli)

Informationen über die Sylter Inselbahn

Vom dänischen Hafen Hoyerschleuse aus trafen die Inselgäste im Hafen Munkmarsch auf Sylt ein. Um diese Gäste nach Westerland zu bringen, wurde die Ostbahn gebaut und ab 1888 eröffnet. Gäste, die über Helgoland nach Hörnum auf Sylt kamen, wurden ab 1902 von der Südbahn nach Westerland gebracht. Ab 1903 fuhr die Nordbahn von Westerland nach Kampen. 1908 ging es dann bis List. Als 1915 die Verbindung zwischen dem Südbahnhof und dem Nord/Ost-Bahnhof in Westerland fertiggestellt wurde, bestand nun eine Verbindung zwischen dem im Süden gelegene Hörnum und dem im Norden gelegene List. Der alte Südbahnhof lag etwa an der heutigen Käpt'n-Christiansen-Straße. Die Trasse in Westerland ist der heutige Bahnweg. Etwa zwischen dem Fernsehturm, der neuen Post und dem Rathaus war das Bahngelände mit Nord/Ost-Bahnhof und den Werkstätten.

1923 wurden beide Bahnhöfe geschlossen. Der neue Bahnhof ZOB wird in Betrieb genommen (Zentraler Omnibus-Bahnhof). 1927 wird die Ostbahn geschlossen, da der Hindenburgdamm die Überfahrt Hoyerschleuse nach Munkmarsch überflüssig machte. Mit der Zeit wurden die Fahrten immer unrentabler. Außerdem entsprachen die in den losen Sand gebauten Schienen nicht mehr den Sicherheitsansprüchen.
Die Achsen erinnern am Bahnhof in Westerland an die Sylt-Bahn.

Bilder: Wilhelm Vahland, Stud. Dir. a.D.

Die letzte Fahrt der Inselbahn fand im Dezember 1970 statt. Die Trasse der Inselbahn ist heute zum größten Teil ein Wanderweg.

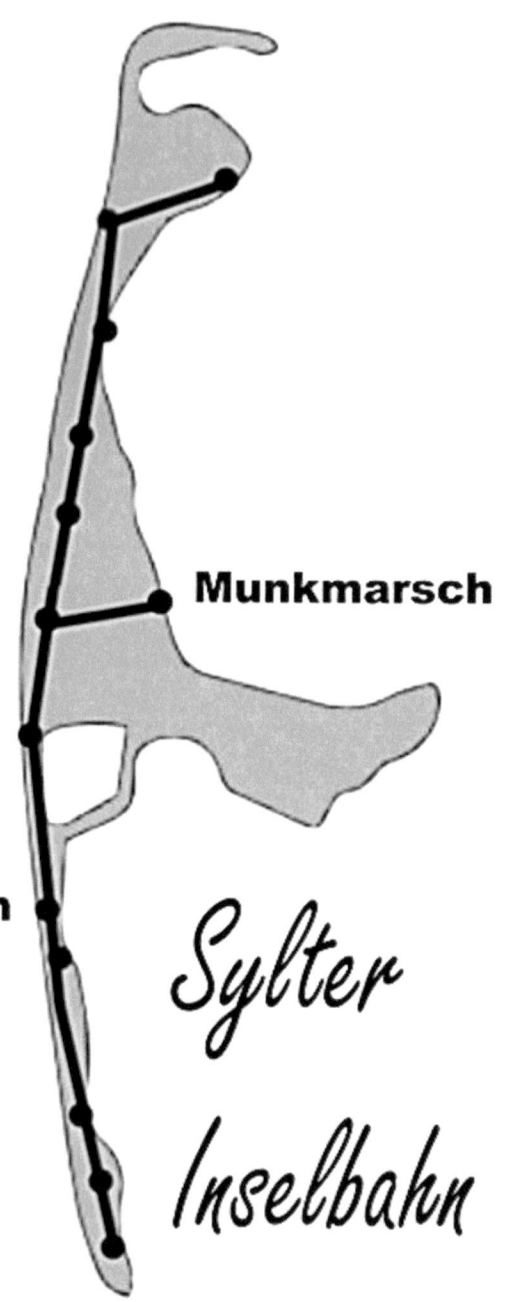

List
Klappholttal

Vogelkoje

Kampen
Wenningstedt
Westerland   Munkmarsch

Dikjen-Deel

Seeheim Rantum
Rantum

Puan-Klent'
Hörnum-Nord
Hörnum

Sylter Inselbahn

Bild: Uwe H. Sültz

TV-Sender SYLT 1

TV-Sender SYLT1 im Internet. Ob Reportagen, das Sylt-Wetter, Webcams oder aktuelle Nachrichten, hier fühlen Sie sich sofort wie im Urlaub.

http://www.sylt1.tv

Außerdem ist SYLT1 auch über ihre App, sowohl für Smartphones, Tablet-PCs und Smart-TVs zu empfangen.

Woher hat der FKK-Strand Abessinien seinen Namen?

Wer die Freikörperkultur liebt, der ist in Abessinien auf Sylt gut aufgehoben. 1,5 Kilometer ist der Weststrand bei List lang. Sie erreichen ihn, von Westerland kommend, in Richtung List auf der Listlandstraße fahrend, wenn Sie am Abzweig Richtung Weststrand abbiegen und auf die Beschilderung „Parkplatz Abessinien" achten.

Und woher kam der Name?

1935 lief bei einem Sturm der französische Frachter Adrar bei Buhne 31 auf Grund. Der Kapitän verweigerte das Betreten des Frachters. Damals plante Italien einen kriegerischen Angriff auf Abessinien, dem späteren Äthiopien. Man vermutete, dass der Frachter Waffen für Italien geladen haben könnte. Später stellte sich dies aber nicht heraus, aber der Name Abessinien blieb für diesen Strandabschnitt erhalten.

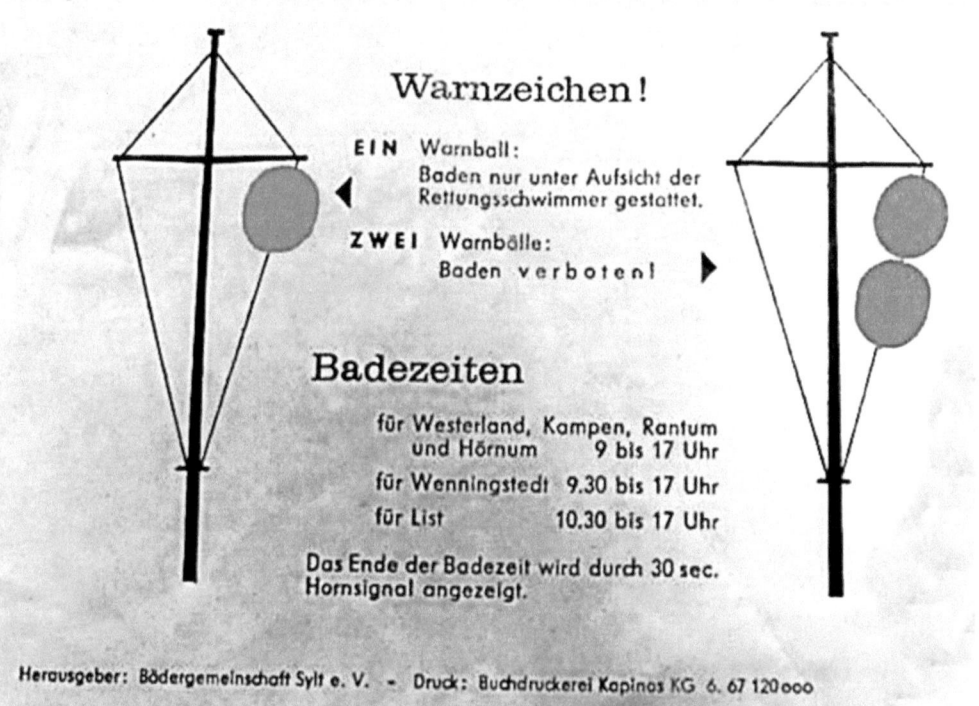

Was sind Badekarren?

Sylt hat ein heilendes Reizklima. Was bedeutet das? Die stärkste Brandung aller deutschen Meeresküsten gibt es auf Sylt. Die gewaltige Wucht der Wellen erzeugt ein Sprühregen aus Meeressalzen und Spurenelementen. Diese gesundheitsfördernde Wirkung wollte der Landvogt Werner van Levetzau Sylt-Gästen zugänglich machen und so stellte er 1885 erste Badekarren und Umkleidezelte auf.

Bild: Wilhelm Vahland, Stud. Dir. a.D.

Was ist Jöölboom?

Ein Jöölboom (Sylter Friesisch) ist eine Variante des Weihnachtsbaumes.
Auf Sylt wird er auch Sylter Friesenbaum genannt.

Der abgebildete Jöölboom ist von Annegret Matthiesen aus Niebüll.
Sie stellt ihn in Handarbeit her.

Was ist das für ein Sender gegenüber der Sansibar?

Dieser Sender wurde 1963 von den USA errichtet (United States Coast Guard). Genannt Loran-Station Sylt. Die Station wurde errichtet, um zusammen mit anderen Stationen in Europa den Transportweg zwischen den USA und Europa zu sichern. Am 1.1.1995 wurde die Station an Deutschland übergeben. (Koli trägt heute noch die Weste mit dem Button, schließlich war er dabei)

Um nicht nur von Navigationssystemen, wie GPS, abhängig zu sein, kamen viele europäischen Länder zusammen und richteten ein gemeinsames System ein, LORAN-C-SYSTEM. Es wird die genaue Position zur See, zu Land und in der Luft bestimmt.

Sültz-Bücher   Eigentum Koli

Die Straße der Höflichkeit

Die Inselbahn war bis 1935 die einzige Verbindung zwischen Rantum und Hörnum. Alle Lebensmittel, Post, Möbel, usw., wurden so nach Hörnum gebracht.

Danach erhielt Hörnum einen Anschluss an das Straßennetz. Diese Straße war einspurig und bestand aus Betonplatten. Man kann sich das wie eine Fahrt über die alte Panzerstraße in List vorstellen.

Es gab nur alle 200 Meter Ausweichbuchten. Oft musste rückwärts zurückgesetzt werden. Nicht selten landete ein Fahrzeug auch im Sand und musste heraus geschleppt werden.

1961 wiesen dann hohe Stangen auf diese Ausweichbuchten hin. Die Fahrer nickten zum Dank oder winkten dem Wartenden zu.
Daher der Name „Straße der Höflichkeit". Als 1970 die Inselbahn verschwand, wurde die Strecke zweispurig ausgebaut.

Das alte Wappen der Gemeinde Sylt-Ost

Entworfen von Hubertus Jesse.

Es zeigt einen Hering, die Sonne und 5 Sterne. In der oberen Hälfte ist das Wappen in Gold, unten in Blau. Die Sonne erinnert an die Sonnenaufgänge über dem Wattenmeer.

Die fünf Sterne stehen für die Teilgemeinden Keitum, Tinnum, Archsum, Morsum und Munkmarsch.

Der Hering wurde als Siegel von der Sylter Landvogtei bereits im 17. Jahrhundert geführt.

Alles ist in den alten friesischen Farben gehalten.

Das Wappen war bis Ende 2008 gültig, danach schlossen sich die Gemeinden Sylt-Ost und Rantum mit Westerland zu einer neuen Gemeinde zusammen.

Wolfgang Kolrep zeigt stolz sein Wappen.

Das Morsumer-Eisboot

1996 wurde am Ortseingang ein Boot mit Besatzung aufgestellt. Es handelte sich dabei um das Eisboot, das bis 1923 im Winter die einzige Möglichkeit war, um Medikamente, Post und Lebensmittel vom Festland zu holen. Um Sylt herum war alles zugefroren. Die Besatzung paddelte zwischen den Eisschollen zum Festland. Oft musste das Boot übers Eis gezogen werden.

2016 wurde das alte marode Boot gegen ein neues ausgetauscht. Das Eisboot ist ein herrlicher Blickfang von und vor Morsum.

Bilder: Wilhelm Vahland, Stud. Dir. a.D. & Uwe H. Sültz

GUTSCHEIN MORSUM ᴂSYLT
1 Mark

Kenst dü üp jen Biin ek stuun, da nem tau;
Aarber me hualeꞓ Kraft maaket di flau.

1996 - 2016

ab 2016

Das Megalithgrab Harhoog

Das Grab wurde zwischen 3000 v. Chr. und 2500 v. Chr. in der Kupfersteinzeit errichtet. Es lag zwischen Keitum und Tinnum auf einer Anhöhe. Für den Bau des Hindenburgdammes benötigte man viel Sand. Dabei wurde das Grab freigelegt. Als dann der Sylter-Flughafen erweitert wurde, wurde das Grab verlegt.

Heute können wir das Grab am Watt in Keitum besichtigen.

Nun folgen spannende Kriminal-Kurzgeschichten vom Autorenpaar Renate & Uwe H. Sültz...

SONDERDEZERNAT HÖRNUM 1

Wie alles begann:

Seinen Colt trug er locker im Halfter. Den Hut trug er tief ins Gesicht gezogen. Der lässige Gang dazu. Und jeden Morgen stieg er in die riesige schnaufende Eisenbahn, um ins Sheriff-Office zu kommen. Genau so stellte sich der 8-jährige Martin den Job seines Vaters vor … genau so!

Nun, so war der Beruf von Kriminalhauptmeister Werner Feddersen nun wirklich nicht, ganz im Gegenteil. Familie Feddersen wohnte in Hörnum auf Sylt. Zurzeit taten zwei Polizeibeamte in der Dienststelle Süd ihren Dienst. Es war Anfang der 1960'er Jahre. Jeden Tag fuhr Kriminalhauptmeister Feddersen mit der Sylter-Inselbahn bis Westerland, in der dortigen Dienststelle wurden Neuigkeiten ausgetauscht. Von dort ging es dann weiter bis nach List. Wenn Kriminalhauptmeister Feddersen dann endlich wieder bei seiner Familie war, waren die Stiefel und die Uniform vollkommen sandig. Seine Browning HP ließ er meist verschlossen im Waffenschrank zu Hause. Seine Frau Sabine brachte zunächst einmal die komplette Dienstkleidung wieder in Ordnung, während ihr Mann das Mittagessen verschlang und auf die vielen Fragen seines Sohnes eingehen musste. „Papa, musstest du heute deine Waffe benutzen? Wie weit schießt eigentlich so eine Browning? Und was heißt HP?"
Martin war jeden Tag von diesem Beruf beeindruckt und vom Vater sehr fasziniert. „Nein, Sohn, auch heute waren alle auf der Insel so brav wie du. Da musste ich weder jemanden verhaften, noch einsperren. Und das Schießeisen sollte man am besten nie benutzen. Das HP bedeutet übrigens High Power", antwortete der Vater. „Ja, High Power kenne ich aus meinen Batman-Heften. Und so eine Kanone hat mein Vater auch."
Stolz machte sich Martin auf in sein Zimmer, um in seinen Comic-Heften zu lesen.

„War es wirklich ein ruhiger Tag?", fragte Sabine. „Eigentlich schon, Schatz. Ich telefonierte heute mit Hans in NRW. Er fragte mich, ob ich mit dem Schießeisen gut auskommen würde, dabei habe ich doch noch gar nicht damit geschossen", lachte Werner. „Hoffentlich stellt man unserer Dienststelle bald einen Dienstwagen zu Verfügung. Demnächst sind auch Aufgaben auf dem Festland zu erledigen", so Werner weiter.

Werner und Hans Schemberg, mit dem heute telefoniert wurde, kennen sich aus dem Zweiten Weltkrieg. Beide sind jetzt 42 Jahre alt und dienten auf dem Schlachtschiff Tierpitz. Beide hatten das große Glück, ausgerechnet an dem Tag, als die Tierpitz 1944 im Krieg versenkt worden ist, an Land gewesen zu sein.

Hans Schemberg ging dann zur Polizei in NRW und Werner trieb es durch die Liebe in den Norden. Freunde sind sie ein Leben lang und werden es nach den Erlebnissen immer bleiben.

Was Werner seiner Frau nicht sagte, dass es immer mehr Schmuggler an den Häfen gab. Ein Polizeibeamter wurde in List gestern Abend zusammengeschlagen. Die vier Dienststellenleiter von Hörnum, List, Keitum und Westerland trafen sich daher öfter, um über eine bessere Koordination und ein schnelleres Eingreifen zu diskutieren. Beim nächsten Treffen wurde auch der Dienstleiter der Wasserschutzpolizei von Schleswig-Holstein eingeladen.

Der Alltag von Kriminalhauptmeister Feddersen war also doch eher trist bis Anfang der 1960'er Jahre. Dann kam der große Boom auf die Insel, damit auch ganz neue Probleme. Am Morgen des 6. Juni 1964 wurde Kriminalhauptmeister Feddersen zu einem Tatort in Tinnum gerufen. Übrigens hatte der Kommissar nun seinen ersten Dienstwagen, einen VW Käfer. Ein Urlauber wurde durch einen viel zu schnell fahrenden Wagen angefahren. Leider überlebte der Urlauber nicht. Alle warteten auf Kriminalhauptmeister Feddersen.

„Moin, Herr Kriminalhauptmeister. Können wir den Toten abholen lassen?", fragte ein Beamter der Dienststelle Westerland. „Ich will erst noch einen Blick werfen", entgegnete Feddersen. Der Mann wurde auf dem Bürgersteig erwischt. War es Alkohol am Steuer? Es gab keine Bremsspuren. Der Bordstein war beschädigt. Kriminalhauptmeister Feddersen fiel weiterhin auf, dass die Armbanduhr des Toten blaue Lackspuren aufwies. „Lagebesprechung in der Dienststelle", ordnete Feddersen an. „Was haben wir? Fahrerflucht. Einen Lacksplitter in Blaumetallic. Seitdem Sylt boomt, ist hier die Hölle los. Alkohol am Steuer. Geschwindigkeitsüberhöhung. Einbrüche und unser Schmuggelproblem", fasste Kriminalhauptmeister Feddersen zusammen. „Wir müssen uns zusammenschließen, auch mit der Wasserschutzpolizei. Lasst uns ein Dezernat gründen und beantragen", so Feddersen weiter. „Dann brauchen wir ein Morddezernat, ein Umweltdezernat, ein Schmuggeldezernat...!", sagte ein Kollege. „Halt, halt, Jürgen! Machen wir es kurz", schlug Feddersen vor, „ich dachte dann an ein Sonderdezernat für alle unsere Belange." „Du hattest ja immer schon die Idee und hast dein Hörnum mit dem Hafen gut im Griff. Dann schlage ich Sonderdezernat H1 vor.
H wie Hörnum", sagte Kriminalobermeister Gerd Hamelau aus List.
Alle waren sich darüber einig und einigten sich auch, auf Kriminalhauptmeister Feddersen als Dezernatsleiter.

Einige Tage später fuhren Sabine und Werner Feddersen zum Essen nach Westerland. Danach gab es noch ein gutes Glas Wein in Kampen.
Hier war ordentlich etwas los. Schicke und teure Autos, Champagner, ein Outfit eleganter als das andere. An der Bar bestellten beide ein Glas Wein und freuen sich auf das neu gegründete Sonderdezernat H1. Aber so richtig freuten sich die Eheleute nicht in dieser Umgebung.
„Werner, lass' uns gleich nach Hause fahren, das ist doch nicht unser Ding hier", sagte Sabine. „Du hast recht, nehmen wir lieber gemütlich noch ein Glas Wein bei uns, mein Schatz", so Werner. „Aber warte einmal, ich habe da etwas bemerkt, gehe bitte schon zu unserem Auto."

Sabine verließ die Bar, Werner bezahlte und ging dann auf einen Mann zu, der sich eine Zigarre mit einem Hundertmarkschein anzündete.
„Moin, Kriminalhauptmeister Feddersen, Kripo Sylt."
„Was ist los, ist das etwa verboten?", motzte der Gast. „Nein, aber ich rieche Heroin. Gegen das Verbrennen von ihrem Geld ist nichts einzuwenden. Weisen Sie sich bitte aus", so der Kriminalhauptmeister. „Hab' jetzt nichts dabei, alles im Porsche", schnauzte der Mann. „Dann gehen wir jetzt zu ihrem Wagen", ordnet Feddersen an.

Am Porsche 911 angekommen, öffnete der Mann seinen Kofferraum vorne und griff nach seiner Jacke. „Was ist das denn? Hat ihnen die blaue Farbe ihres nagelneuen Porsche nicht gefallen?", staunte der Kommissar. Er sieht, dass der Kofferraum in Blaumetallic lackiert war, während der Lack außen in Viperngrünmetallic war. „So ist es, war eine Scheiß Farbe", lallte der Mann, der anhand seiner Papiere Detlef Kofner hieß. Kommissar Feddersen schaute sich den Porsche nun ganz genau an. „Mmh, Stahlfelgen auf diesem Porsche, gehören da nicht diese neuen Fuchsfelgen drauf?"

Feddersen ließ Detlef Kofner abführen. Zum einen konnte er nicht mehr mit seinem Auto wegen des Alkoholkonsums fahren. Zum anderen wegen Verdachts auf Tötung eines Fußgängers mit Fahrerflucht.

Nun ging alles sehr schnell. Beamte in Keitum fanden die Lackiererei, in der der Porsche umlackiert wurde. Die Fuchsfelgen standen auch noch in der Halle. Eine Felge hatte eine schwere Beschädigung.

So nahm alles seinen Lauf.

Und was Porsche angeht, Kriminalhauptmeister Feddersen musste nun öfter als Sonderdezernatsleiter aufs Festland und fährt nun einen Porsche 356, mit Blaulicht natürlich.

Inseldiamanten

Es war kein Blitzüberfall in Kampen. Nicht einmal eben mit der Knarre rein, Geld raus und abhauen. Von der Insel kommt niemand unerkannt. Schon gar nicht in den 1970er Jahren. Außerdem kannte Kriminalhauptmeister Werner Feddersen alle. Also so ging es nicht.

Die 5 Männer haben sich wirklich gut vorbereitet. Sie wussten auch, was Feddersen für ein harter Hund war. Also musste es eine perfekte Vorbereitung sein. Im Sommer kamen also 5 Männer getrennt auf die Insel. Mit Bahn und Auto, getarnt als Urlauber. Der eine mit Koffer, der andere mit Rucksack, sogar mit einem alten Kinderwagen. Am Strand von Westerland bereiteten sie ihren Coup gründlich vor.

Zunächst kundschafteten sie alle Juweliere auf der Insel aus. Wie waren die Türen gesichert, wie viele Angestellte gab es, wie waren die Geschäftszeiten, und so weiter. Fündig wurden sie bei Theo Müller in Kampen. Juwelier Müller war auch Goldschmiedemeister. Er fertigte viele schöne Schmuckstücke aus Gold für seine Kundschaft ganz individuell an. Da kam es nicht auf einen Tausender an. Hauptsache von der Insel sollte es sein. Theo Müller hatte immer eine gute Reserve Feingold auf Lager. Außerdem wurden die Männer noch in Westerland fündig. Sie studierten auch dort die Alarmanlage und die Schlösser.

Als Nächstes mieteten die 5 Männer ein Ladenlokal in Westerland. Viel Werbung wurde betrieben, um auf das neue Geschäft aufmerksam zu machen. In großen Buchstaben stand der Name über dem Geschäft:

AUKTIONSHAUS & ANTIQUITÄTEN BERND HASEN

Nun organisierten sie zur Neueröffnung in 3 Wochen eine Verlosung.
Lose wurden gedruckt, Plakate aufgehängt und sie selbst verteilten die Lose bei den Geschäftsleuten. Natürlich könnte man sie jetzt erkennen.
Aber der Name Bernd Hasen kommt nicht von ungefähr. Die Männer traten natürlich im Hasen-Kostüm auf.

Wie konnte man es sich anders denken, die großen Hauptgewinne viele auf beide Juwelier-Geschäfte. Die Hauptgewinne waren ein Urlaub in den Bergen vom 22.12. bis zum 2.1. des Jahres. Die Geschäftsleute waren überglücklich ... endlich einmal Urlaub über die Feiertage.

Verkleidet als Sicherheitstechniker besuchten sie die Juweliere, um die Alarmanlagen zu kontrollieren. Außerdem boten sie den Geschäftsleuten an, für nur 80 Mark eine tägliche Kontrolle durchzuführen. Dies war natürlich ein Schnäppchen, sowie eine todsichere Absicherung.

Der Tag der Abreise kam. Mit einem Magnet simulierten die Ganoven nun einen Fehlalarm. Die Alarmanlage konnte daher nicht eingeschaltet werden. „Was soll ich jetzt nur machen, in 2 Stunden geht der Autozug aufs Festland?", fragte Theo Müller aufgeregt am Telefon. „Machen Sie sich keine Sorgen, Herr Müller. Unsere Wachleute und der Techniker sind in etwa 3 Stunden bei ihnen. Wenn sie am Urlaubsort angekommen sind, werden sie von der Rezeption informiert, dass alles in Ordnung ist."

Alles nahm seinen Lauf. Mühelos waren die 5 Ganoven im Kampener Geschäft. Aus allen Schmuckstücken wurden nun die Brillanten herausgehebelt. Sie wurden in Muschelschalen gelegt und mit Wachs übergossen. Das Gold schmolzen die Ganoven und gossen es in Metallreservekanister. Jetzt ging es nach Westerland. Hier folgten die gleichen trainierten Handgriffe. Brillanten raus ... Muschelschalen mit Brillanten und Wachs füllen ... Gold schmelzen ... Benzin-Kanister ins Auto bringen und nix wie weg.

Irgendwie hatte Theo Müller doch ein ungutes Gefühl. Gerade deswegen, weil er seine Konkurrenz aus Westerland ebenfalls am Hamburger Flughafen traf. „Meine Alarmanlage ist ausgefallen", sagte er. „Meine auch", sagte sie. Vom Flughafen aus rief Theo Müller sogleich in Hörnum an: „Moin! Hier Müller, Theo Müller. Bitte Herrn Kriminalhauptmeister Feddersen bitte. ... Werner, hier Theo. Bitte überprüfe einmal mein Ladenlokal und das von Gerda Kolrep in Westerland. Wir haben einen schlimmen Verdacht."

Sofort machte sich Kriminalhauptmeister Werner Feddersen mit seinen Kollegen auf den Weg. Natürlich stellten sie sofort den Einbruch fest.

„Hier liegen jede Menge Muschelschalen im Papierkorb, Chef. Sie sind mit Wachs gefüllt. Was sollte das werden? Konnte hier vor der Abreise keiner putzen?", fragte Polizeibeamter Dirk Nolte. Kriminalobermeister Hamelau schaute Werner Feddersen an und sagte: „Mensch Werner, die haben die Brillis in die Muscheln eingewachst." Kriminalhauptmeister Werner Feddersen reagierte sofort. Er schnappte sich das Funkgerät: „Achtung! Großeinsatz! Lasst sofort den Autozug und die Fähre sperren. Niemand kommt von der Insel! Alle verfügbaren Kräfte teilen sich auf."

Feddersen nahm sich den Autozug vor. Gerd Hamelau fuhr sofort nach List zur Fähre. Feddersen schaute rein zufällig auf einen Ford Transit.
„Der ist ja echt sportlich tiefergelegt. Den überprüfen wir zuerst."
Und tatsächlich standen Kisten mit Muscheln und jede Menge Benzin-Kanister im Laderaum. ... ...

Ja, Kriminalhauptmeister Werner Feddersen bekam sie alle ... niemand kam und kommt unbemerkt von der Insel Sylt runter.

Mord auf Platz 18

Die Sylter Inselbahn fuhr, wie üblich, pünktlich von List nach Westerland. Kriminalobermeister Gerd Hamelau musste einen Einbrecher in das Gefängnis in Westerland bringen. Gerd Hamelau legte dem Mann Handschellen an und los ging es. Der angebliche Einbrecher beteuerte immer wieder seine Unschuld.
„Herr Wachtmeister, ich war das nicht." „Zuerst einmal, bin ich kein Wachtmeister, sondern Kriminalobermeister. Dann muss ich sagen, der Richter hat das zu entscheiden. Trotzdem höre ich mir ihre Version gen an", so Hamelau.
Der Einbrecher begann: „Mein Name ist Hartmut Lehmann. Es war am 6. Februar 1964. In der dunklen Jahreszeit wurde viel eingebrochen. Ich beobachtete 3 Männer und verfolgte sie. Einige Bewohner der Siedlung in List dachten, dass ich der Einbrecher sei und überwältigten mich."
„So, so. Na dann kann ihnen ja nicht viel passieren, Herr Lehmann. Nun verhalten wir uns ebenso so ruhig wie der Herr mit Hut dort auf Platz 18."

Ansonsten saß noch auf Platz 5 die Putzfrau Margret Krause. Das alles sah der Kriminalobermeister natürlich mit seinem geschulten Blick. Plötzlich genau zwischen List und Kampen entgleiste die Inselbahn und kippte in die Düne. Gerd Hamelau wurde schwer verletzt. Hamelau kroch unter starken Schmerzen zum Herrn auf Platz 18. Er bemerkte, dass dieser schon Stunden tot war, von hinten erstochen. Margret versorgte sofort den Kriminalobermeister, der fand einen Brief und einen Polizeiausweis. Jetzt wurde Gerd Hamelau ohnmächtig.

Plötzlich fielen Schüsse. Lehmann kroch zu Hamelau und nahm die Schlüssel für die Handschellen an sich. Er öffnete sie und nahm Hamelaus Pistole. Die Pistole des toten Polizisten gab Lehmann dem Zugführer. Lehmann war Sportschütze. Er kletterte aus der Inselbahn und schoss auf die Personen in den Dünen.
Der Zugführer blieb bei Gerd und Margret.

Die umgekippte Inselbahn gab Schutz, die Düne nicht.
Mit gezielten Schüssen traf Lehmann 2 Angreifer, ein weiterer ergab sich.
Endlich kam Verstärkung. Kriminalhauptmeister Feddersen kam in seinem
Dienstfahrzeug mit zwei weiteren Beamten. Hamelau kam zu sich. Lehmann
übergab die Waffe.

Der Tote war Kriminalmeister Dirk Jörnsen vom Festland. Im Brief, den man in
seinem Jackett fand, stand:

Nach unseren Informationen befindet sich auf der Insel Sylt eine
Einbrecherbande. Der Gesuchte Norbert Jorschek wurde im Zug von einem
Fahrkartenkontrolleur identifiziert. Vorsicht! Die Männer tragen Schusswaffen
und machen auch davon Gebrauch.

Weiterhin stellten die Beamten eine Manipulation an den Schienen fest.
Lehmann bekam den ersten „Sylter-Orden" vom Bürgermeister verliehen.

Der Tote am Ellenbogen

Die Kommissare René Brandt und Thomas Sörensen hatten eigentlich Urlaub.
Sie wollten das warme und sonnige Wetter am Strand von List genießen.
Plötzlich ertönte ein Song vom Sylter-Shanty-Chor als Klingelton. „Mensch,
hätte ich doch mein Handy zu Hause gelassen", jammerte Thomas. „Ist doch
allerhand, dass man nicht einmal im Urlaub seine Ruhe hat", sagte er wütend.
Gert Hamelau, vom Kommissariat in List, dort ist er der Boss, wie er immer
lachend zu sagen pflegte, rief an. Er brüllte aufgeregt in den Hörer: „Wo seit ihr
gerade, Jungs? Ich brauche euch dringend!"
„Wie hast du wieder so schnell herausgefunden, dass wir Urlaub haben, Gerd?",
antwortete Thomas sauer.

„Gerade einmal einen Tag haben wir uns hier am Strand lang gemacht, und du
gehst uns schon wieder auf den Sack", wetterte der Kommissar. Gerd Hamelau
blieb gelassen und redete weiter, denn im Grunde verstanden sich alle prächtig:
„Drüben am Leuchtturm liegt eine Leiche, Leute. Das ist uns von einem Urlauber
mitgeteilt worden. Der Tote scheint männlich zu sein, leider fehlt ihm der
Kopf", sagte Gert und räusperte sich dabei. „Hat sich wohl jemand als Andenken

mitgenommen", versuchte René einen Witz zu machen, um seinen Kollegen aufzuheitern, der sichtlich durch die Nachricht angeschlagen war. „Nein, das ist eine todernste Sache, den Kopf müsst ihr finden", antwortete Gert Hamelau etwas ärgerlich. „Na ja, gut, es bleibt uns wohl keine andere Wahl", meinte René Brandt kleinlaut.

Schon kurze Zeit später trafen die Kommissare am Tatort ein. Sie sperrten großflächig den Ort des Grauens ab und riefen die Spurensicherung an. Stofffetzen, Fußabdrücke von dicken Stiefeln und einige Jackenknöpfe wurden gefunden. „Scheinbar hat hier ein Kampf stattgefunden", stellte Sörensen fest. Leider blieb der Kopf erst einmal verschwunden. Vorsichtig wurde die Leiche, die schon ausgeblutet war, in einen Plastiksack gesteckt und zur Obduktion gebracht. Die Kommissare Brandt und Sörensen veranlassten, die Gegend gründlich abzusuchen und notfalls mit dem Boot rauszufahren, um den Kopf zu suchen.

Einige Tage gingen die Untersuchungen in gleicher Weise weiter, bis Sörensen vorläufig die Aktion stoppte. Bei der Obduktion fand man erhebliche Mengen von Betäubungsmitteln im Magensaft des Toten. Der Mann war Mitte dreißig. Er hatte seine Papiere und seine Geldbörse noch bei sich. Ein Raubmord konnte so ausgeschlossen werden. Es handelte sich um einen Studenten, der wahrscheinlich ein wenig Urlaub machen wollte. „Nein", sagte Thomas Sörensen. „René, wir müssen zum Tatort zurück", sagte der Kommissar. Thomas war fest davon überzeugt, dass sie etwas übersehen hatten. René meinte: „Aber es ist doch alles gründlich abgesucht worden, die haben doch nichts gefunden." Aber Kommissar Brandt blieb bei seiner Vermutung. Sie fuhren los. Erst einmal gingen sie ausgiebig essen, denn auch Polizeibeamte bekommen einmal Hunger. Plötzlich klingelte es schon wieder einmal überraschend, und dieses Mal mitten im Restaurant. Es war so laut, dass Thomas sich fast an seinem Krabbensalat verschluckte.

„Verdammt noch mal, langsam habe ich aber die Schnauze voll", wetterte Thomas los und nahm widerwillig das Gespräch entgegen. „Moin! Hamelau hier", meldete sich eine resolute Stimme: „Wir haben herausgefunden, dass sich hier auf der Insel ein gefährlicher Psychopath versteckt hält, aber bislang ist er noch nicht gefunden worden. Zum Glück existieren Bilder von Gerd Hamelau. Die Kommissare Brandt und Sörensen wurden hellhörig. „Konkreter kann ich ihn leider nicht beschreiben, aber man kann ihn als äußerst gefährlich einstufen", antwortete der Polizeibeamte Hamelau.

„Ist es eigentlich selbstverständlich, dass wir jedes Mal, wenn wir Urlaub haben, Fälle lösen müssen, Thomas?", schimpfte René. Die Männer gingen noch einmal an den Tatort zurück. Überall lag Blut herum. Wieder suchten sie alles ab.

„Halt!", rief Thomas. „Komm' einmal bitte her, René, und sieh dir das an!", schrie er regelrecht hysterisch, denn er war immer noch genervt von dem Anruf. Kommissar Sörensen fand einen Erdhügel, der noch relativ frisch aussah. Es sah so aus, als wenn vor kurzem noch jemand etwas vergraben hätte. „Leider müssen wir hier buddeln, Thomas", sagte René. „Ich glaube, wir werden eine Überraschung zu Gesicht bekommen", meinte der Kommissar. Die Beamten waren nicht nur überrascht, sondern auch schockiert und angeekelt über den Fund. Sie gruben einen Kopf und etwas davon entfernt, eine Kettensäge aus.

Am anderen Tag studierten sie eine Reihe von Fotos, die diesen Psychopathen zeigten. „Eigentlich eine unscheinbare Gestalt, er könnte bestimmt niemanden umbringen", spekulierten sie. „Drüben in Westerland ist doch ein großer Strandkorbverleih, da steht immer einer drin mit Sonnenbrille und langem Bart", überlegte Thomas. „Ich hab mir immer schon gedacht, ihn einmal zu überprüfen, denn ich glaube, mit dem stimmt was nicht", meinte er. Sie fuhren los, das Wetter war herrlich und wieder ärgerten sie sich über die unfreiwillige Arbeit, die sie machen mussten. Die Strandkörbe wurden reihenweise gemietet und der Typ in dem Kassenhäuschen hatte alle Hände voll zu tun.

Die beiden Kommissare mussten sich etwas einfallen lassen, denn sie wollten nachprüfen, ob seine Papiere in Ordnung waren. Sörensen stellte sich kurz vor und sprach ihn an: „Mein Kollege und ich haben den Auftrag, alle Leute hier in der Umgebung nach ihren Ausweisen zu fragen."

Er redete weiter: „Hier ganz in der Nähe ist ein grausamer Mord geschehen, ich glaube, sie haben davon schon in der Zeitung und in den Nachrichten erfahren." „Mein Kollege und ich müssen diesen ekelhaften und grausamen Mord aufklären, leider", sagte René Brandt. „Wir sind vom Sonderdezernat Hörnum 1", ergänzte Sörensen.

Der Strandkorbbetreiber wurde sichtlich unruhig. „Ja, da kann ich ihnen nichts zu sagen", entgegnete der eigenartige Mann mit zittriger Stimme. Da die Kommissare den Zeitpunkt des Todes und fast den genauen Tag ermitteln konnten, fragten sie den Mann nach seinem Alibi für diesen Zeitraum. Immer deutlicher erkannten die Beamten, dass hier etwas faul im Staate war. Schnell fanden sie heraus, dass der Strandkorbbetreiber unter einem falschen Namen auf der Insel war, und dass seine Papiere gefälscht waren, und dass er außerdem für den besagten Zeitpunkt kein Alibi vorweisen konnte.

Im Kommissariat gestand er den Mord und erklärte: „Dieser Mann hat mich gedemütigt und beleidigt, denn angeblich soll ich seine Freundin vergewaltigt haben." Er redete weiter: „Ich habe dann irgendwann Rot gesehen und wollte ihm sein dreckiges Maul stopfen." Weiter sagte er: „Ich lauerte ihm auf, um ihm eine Lektion zu verpassen, aber mein Verstand muss in dem Augenblick ausgesetzt haben. Wie im Blutrausch zog ich ihn in mein Auto, nachdem ich ihn vorher mit einem Betäubungsmittel willenlos gemacht hatte. Bei mir in der Garage passierte dann das Schreckliche..."

„Genug, genug!", schrie der Kommissar. „Das ist ja widerlich, sie sind ja ein Irrer", sagte er weiter. Für immer wanderte der Mörder ins Gefängnis. Nie mehr bekam er Gelegenheit grausame Dinge zu tun.

Endlich konnten die Kommissare ihren hart verdienten Urlaub genießen, ohne einen Anruf zu bekommen. Hoffentlich!

Mörderische Gedanken

Torben Berthold war außergewöhnlich unauffällig. Am Tage betreute er seine kranke Mutter und der Abend gehörte seinen krankhaften Fantasien. Er war in kirchlichen Organisationen tätig, sowie noch in anderen gemeinnützigen Vereinen. Niemand vermutete hinter diesem scheinbar harmlosen Menschen einen brutalen Mörder, der grausame und bestialische Dinge tat.

Torben war aufgrund eines Gendefektes blind zur Welt gekommen. Eigentlich konnte er nichts tun, doch sein Geruchs- und Ortungssinn hatte sich durch die Blindheit so ausgeprägt, dass er mit seinen übrigen Sinnen mehr als sehen konnte. Er hatte im Laufe der Jahre ein Hobby entwickelt, welches man mit einem normal funktionierenden Menschenverstand nicht erklären konnte.

„Wieder eine Leiche gefunden, dieses Mal in Munkmarsch", sagte Anna Feddersen, die demnächst ganz im Sonderdezernat aufgenommen wird. „Im Augenblick reißt es aber auch nicht ab, einfach zum Mäuse melken", jammerte die junge Kommissarin. „Bringt ja nix, da müssen wir leider durch", antwortete Horst Breitscheid. „Ich möchte wirklich einmal wissen, wie die Leiche dieses Mal bearbeitet wurde, denn allen anderen, die wir bisher gefunden haben, fehlten die Augen", sagte Anna Feddersen.

„Bloß daran zu denken, löst bei mir Magenprobleme aus", sagte Horst. Erst vor ein paar Tagen hatten beide Kommissare eine Sonderausbildung im Bereich der Verbrechensbekämpfung hinter sich gebracht. Gut gewappnet fuhren sie los und wurden schon in Munkmarsch erwartet.
Einige Touristen standen um einen leblosen Körper herum. Die Tote lag auf dem Bauch, den Kopf fest in den Sand gedrückt.

Die Kommissare Anna und Horst drehten sie um und waren vor Entsetzen sprachlos. Obwohl sie diesen Anblick schon kannten, erschreckten sie heftig, denn es sah einfach grausam aus. Die leeren, blutigen Augenhöhlen waren kaum zu ertragen. Die Leichen, die sie in Rantum und Tinnum gefunden hatten, sahen genauso schlimm aus. „Aber warum hat dieser Perverse den Opfern die Augen herausgenommen?", fragte Horst Breitscheidt. „Tja, eine gute Frage Horst, wir müssen erst einmal die Tote untersuchen lassen", antwortete Anna.

Sie ließen die grausam zugerichtete Frau abholen. Aber in der Pathologie wurde nichts festgestellt. Bis auf die fehlenden Augen war die Frau vollkommen unangetastet. „Der Mörder hat es nur auf diese Körperteile abgesehen, Anna", sagte Fritz Scholz von der pathologischen Abteilung. Anna und Fritz kannten sich von der Universität und waren etwa gleichaltrig. „Fritz, hast du wirklich keine weiteren Spuren, damit wir weiter kommen?", fragte Anna ihn. „Leider nein", entgegnete der Pathologe. Horst Breitscheid und Anna Feddersen fuhren zurück ins Büro und arbeiteten einen Vorgehensplan aus. Aber wo sollten sie beginnen? Fakt war, dass der Mörder ein sehr kranker und gestörter Mensch war. Er sammelte scheinbar die Augen seiner Opfer. Anna sagte: „Was macht er nur mit diesen Körperteilen, verspeist er sie oder was?" Am Sonntag besuchte Anna mit ihrer Tante einen Gottesdienst in der örtlichen Kirche. Dabei fiel ihr während der Messe etwas auf. Ein ca. dreißig Jahre alter Mann schob seine alte Mutter im Rollstuhl an den Altar. Das war nichts Besonderes, aber was er dann tat, dürfte es eigentlich nicht geben. Er legte eine weiße kleine Schachtel auf den Tabernakel und ging ganz beruhigt wieder weg. „Was war denn das?", dachte Anna und es wurde ihr etwas flau in der Magengegend. Sie konnte sich dieses Gefühl noch nicht erklären. „Irgendetwas stimmt da nicht", sagte sie zu ihrer Tante.

„Suspekt, sehr suspekt", dachte Anna. Der Priester dieser Gemeinde nahm stillschweigend das weiße Päckchen vom Tabernakel und verschwand erst einmal für einen Moment in der Sakristei. Anstatt die Messe mit der alten Dame im Rollstuhl abzuwarten, verschwand der Mann schnellen Schrittes aus der Kirche. Dabei drehte er sich ständig um. Das schlechte Gewissen konnte man ihm förmlich ansehen. „Nein", sagte Anna zu ihrer Tante. „Hier ist doch etwas ganz schön faul, das merke ich doch", flüsterte sie.

„Aber Anna, du kannst noch nicht einmal in deiner freien Zeit abschalten und deine Pflichterfüllung zur Seite schieben", meckerte Frau Nielsen.
„So so, was du wieder denkst, Tantchen", antwortete die Kommissarin.
Weiter sagte sie: „Auf jeden Fall werde ich mir diese Angelegenheit einmal etwas näher ansehen"
Einige Tage später, die Kirche war offen, wollte sie mit dem Gemeindepriester ein paar Worte reden. Herr Lamprecht war schon seit 20 Jahren in dieser kleinen Gemeinde tätig und nie war über ihn auch nur ein schlechtes Wort geredet worden.

An diesem Mittwoch war die Kirche für kurze Zeit geöffnet. Aber auch nur, weil kurz vorher geputzt wurde. Anna zeigte ihren Ausweis und der Küster ließ sie hinein. Alles schien ruhig und still. Sie traute sich kaum einen Fuß vor den anderen zu setzen. Selbst der Küster wusste nicht, was in dieser Kirche vor sich ging. Ein Flüstern und Raunen kam ihr entgegen. „Was war denn das nur?", dachte Anna. Das Flüstern ging in einen monotonen Gesang über. Er wurde immer lauter und eindringlicher. „Oh Herrscher, der über den Dingen steht, wir huldigen dir mit allem, was uns zur Verfügung steht, um dich zufriedenzustellen."

Leise schlich Anna sich heran und versteckte sich hinter einer hohen Eichentür. Von hier aus konnte sie ungestört alles beobachten. Sie traute ihren Augen nicht. An einem langen, rechteckigen Tisch saßen 30 Leute. Alle waren komplett in schwarz gekleidet. Auf diesem Tisch standen schwarze Kerzen, die geheimnisvoll und mysteriös leuchteten. Es lag ein offenes, schweres Buch daneben und in der Mitte des Tisches waren in einem Samtkissen 6 Augenpaare aufgebahrt.

Einer stand auf und sprach monoton: „Oh Satan, unser Herr, nimm diese Augen als Opfer, damit du Mensch werden kannst, wie wir." Weiter vernahm Anna den unheimlichen Gesang. Sie hatte genug gesehen und wollte, noch bevor man auf sie aufmerksam werden konnte, verschwinden.

„Horst, Moin", sagte Anna Feddersen, als sie das Büro betrat. Sie war immer noch recht blass im Gesicht. Nun erzählte sie, was sie am Vortag erlebte:
„Du wirst es nicht glauben, aber ich habe gestern Nachmittag eine schwarze Messe beobachten können." Sie redete aufgeregt weiter: „Es war einfach grausam, denn es wurden dem Teufel 6 Augenpaare geopfert."
„Denkst du, es könnte mit den Morden etwas zu tun haben, an die wir uns

gerade die Zähne ausbeißen?", fragte Horst neugierig. Horst Breitscheidt war ein Polizeibeamter mit Leib und Seele. So schnell konnte man ihn eigentlich nicht schocken. Doch diese Morde hatten auch ihm arg zugesetzt.

„Ich muss am Sonntag wieder zur Messe und es wäre gut, wenn du mitkommen würdest, Horst. Ich glaube, wir werden den Mörder sehen und mit einem Schlag mehrere Leute festnehmen können", meinte Anna Feddersen. „Näheres werde ich dir später erklären", sagte sie. Am Sonntag trafen sie sich wie besprochen an der Kirche und gingen gemeinsam hinein. Ihren Platz suchten sie sich so aus, damit sie noch gut alles beobachten konnten. Die Messe begann ganz normal, so wie immer.

Nichts war auffällig. Doch dann, keiner von den Beamten rechnete noch damit, kurz vor dem Ende der Messe, fuhr aus der hintersten Reihe ein Mann, mit Blindenband am Oberarm und einer alten Frau im Rollstuhl, zum Altar.

Es war Torben Berthold. Er muss sich wohl in dieser Kirche gut auskennen, sonst würde er sicher nicht sehen, wo er das Päckchen hinlegen muss", flüsterte Anna ihrem Kollegen zu. „Ich habe eine leise Ahnung, was in den Päckchen ist", sagte Horst Breitscheidt. In den letzten Monaten sind viele schlimme Morde geschehen, die man bis heute nicht aufklären konnte. „Kommen sie Horst, wir schleichen uns einmal nach hinten, ich zeige ihnen den Raum, in dem die schwarze Messe abgehalten wurde", sagte die Kommissarin. Die Beamten schlichen sich auf leisen Sohlen nach hinten in die Sakristei. An der Tür blieben sie wie angewurzelt stehen und bekamen eine Unterhaltung zwischen dem Priester und Torben Berthold mit. Der Geistliche sagte: „Wenn du nicht in den nächsten Tagen mit frischen Augenpaaren rankommst, wird es dir nicht gut ergehen und du wirst deine Sehkraft nie mehr wieder erhalten."

Der Blinde Mann nickte nur mit dem Kopf und sagte: „Ich werde alles tun, was in meiner Macht steht." Er ging mit gesenktem Kopf hinaus zu seiner alten Mutter, die im Rollstuhl saß und auf ihn wartete. Die beiden Kommissare waren sprachlos, schauten sich nur an und gingen schnellen Schrittes aus der Kirche. „Wie werden wir nun weiter vorgehen?", sagte Horst Breitscheidt. „Lassen Sie uns erst einmal ins Büro fahren", antwortete Anna Feddersen.

Wenige Minuten später saßen sie zusammen an ihren Schreibtischen und überlegten. Dieser grausige Anblick war nichts für Horst. Ansonsten war er eigentlich hart im Nehmen, aber nun verließ ihn seine Disziplin.

„Beim nächsten Kirchenbesuch werden wir den Haufen auffliegen lassen", meinte die junge Kommissarin. Ein paar Tage später war es dann soweit.

Anna und Horst saßen in der ersten Reihe und hinter ihnen einige Männer zur Verstärkung. Niemand konnte ahnen, dass es Polizeibeamte waren.

Die Messe begann ganz normal und wie sie es vermuteten, kam kurz vor Schluss Torben Berthold und legte ein weißes Päckchen auf den Tabernakel. Einige Tage vorher wurde eine junge Frau am Meer gefunden. Sie saß tot im Strandkorb und hatte keine Augen mehr. Ein grausamer Mord, denn sie wurde vorher erdrosselt mit einem langen Draht. Die Kehle wurde durchschnitten. Der Mörder setzte sie so hin, dass man im ersten Moment nichts merken konnte. Spielende Kinder hatten die Polizei gerufen.

Nun war es so weit. Anna kochte vor Wut und Tatendrang. Der Mörder befand sich noch in der Kirche und wurde sofort mitgenommen. Anna und Horst und noch einige Polizeibeamte stürmten die Sakristei und konnten auf einen Schlag fast alle anwesenden Leute und den Pfarrer festnehmen. Sie waren gerade dabei zu verschwinden. „Da hatten wir aber verdammtes Glück", sagte die Kommissarin. „Ich hoffe nur, dass die Mordserie jetzt ein Ende genommen hat", meinte Horst Breitscheidt und schaute dabei Anna angstvoll an.

„Ja, vielleicht, aber Verbrecher laufen genug frei herum", sagte Anna. Die Kommissare gingen nach Feierabend erst einmal gemeinsam einen trinken, denn essen konnten sie momentan noch nichts. Kann man gut verstehen.

Kurzer Prozess mit der Mafia

In den Dünen dürfen weder Menschen noch Tiere herumlaufen. Das ist auch gut so. Kommissar Martin Feddersen hatte heute seinen freien Tag und wanderte mit Mops Lilly auf der Panzerstraße in Richtung List. Plötzlich riss sich Lilly los und rannte in die Düne. „Komm' sofort zurück, Lilly... hierher... komm'... bei Fuß ... ..." Martin konnte rufen wie er wollte, Lilly war weg. „Und das passiert mir!", rief er wütend.

Plötzlich kam Lilly zurück. In ihrer Schnauze trug sie ein Mitbringsel, das sie gern mit ihrem Herrchen teilen wollte. Es war eine Geldbörse. Martin Feddersen öffnete sie und fand italienische Lire, sowie den Ausweis von Luigi Rossi. Der Kommissar wollte nicht in die Düne laufen. Er ging zurück zum Fahrzeug und fuhr zu seinem Vater. Werner Feddersen war nun mittlerweile viele Jahre in Pension. „Warte einmal, Martin. Ja, ich erinnere mich, es war in den 1970ern.

Luigi Rossi war Mafia-Boss. Er wollte eine Rauschgift-Passage zwischen Dänemark und Sylt aufbauen, Munkmarsch sollte das Hauptquartier werden. Mein damaliger Kollege Peter Hansen übernahm den Fall. Auf einmal war Luigi jedoch verschwunden", erinnerte sich Kriminalhauptmeister a.D. Werner Feddersen.

Jetzt wurde die Düne abgesucht. Da die Düne wandert, legte sie den Toten fast frei. In der Jackentasche fanden sie einen Brief, er war kaum lesbar:

Lieber Kollege und Freund Werner. Wenn du dies liest, ist der Fall mit dem Aktenzeichen Sylt AD 45/Mafia erledigt. Ich hatte einfach keine Handhabe gegen Luigi Rossi. Aber er hatte mit Rauschgift zu tun. Meine Tochter starb daran. Sie wurde außerdem missbraucht. Als ich von meinem Krebs erfuhr, erschoss ich das Schwein und brachte ihn in die Dünen. Verzeih mir, Gott, verzeih mir, mein Freund Werner. Dein Freund Peter

Ein Glas zu viel

Das Büro der beiden Kommissare Thomas Sörensen und René Brandt hatte seinen festen Sitz im Osten von Westerland. Eifrig waren die Männer täglich im Einsatz, denn in der letzten Zeit häuften sich die Mordfälle. Jedoch das, was sie in den folgenden Tagen erwarten sollte, übertraf alles, was sie bisher erlebt hatten. René Brandt trank seinen morgendlichen, löslichen Kaffee wie immer viel zu stark. „Langsam musst du auch mal an deine Gesundheit denken, René", meinte Thomas. „Deine Kaffeetassen bekommt man ja nicht mehr sauber, so fest klebt das braune Zeug daran", grinste er. „Ach ja, Thommy, wenn du mal nix zu nörgeln hast, biste unglücklich, was?", antwortete René.
René Brandt war gerade 40 geworden, aber die ersten grauen Haare schlichen sich schon ein. Vor einem Jahr wurde er geschieden. Es entwickelte sich ein Rosenkrieg, womit er nicht gerechnet hatte. Und leider nimmt es kein Ende, denn seine Frau hat nichts Besseres zu tun, als alle naselang gegen ihn zu klagen.

Wenn René seinen Beruf nicht hätte, dann wäre er schon daran zugrunde gegangen. Thomas Sörensen war ledig und mit seinen 55 Jahren sah er noch recht gut aus. oft konnte er so charmant sein, dass die Frauen ihm nachschauten. An diesem Morgen bekamen sie eine neue Kollegin. Es klopfte an der Bürotür. „Herein", rief René! Anna Feddersen trat ein. Schon ihr Großvater und Vater standen oder stehen im Dienste des Sonderdezernats H1.
Anna trat nun in deren Fußstapfen ein. Gerade war sie mit dem Studium und der Polizeischule fertig. Sie wohnte bislang in Hamburg, bekam aber sofort eine Dienstwohnung auf der Insel. „Moin", säuselte Thomas, etwas abwesend. Die knapp 30-jährige junge Frau stellte sich bei den Herren vor.

„Junge, Junge", sagte Thomas Sörensen bei ihrem Anblick. „Mit ihnen zu arbeiten und sich gleichzeitig zu konzentrieren, fällt ganz schön schwer", meinte er. Anna grinste verlegen und bekam einen roten Kopf. Sie war sich schon bewusst, wie sie auf Männer wirkte. Sie war eine große, schlanke Frau, wohlgeformt und vom Gesicht her, bildschön. „Es hilft alles nix", meinte Thomas Sörensen. „Wir müssen nun alle ran an die Arbeit. Der Fall, der heute reingeflattert kam", sagte René, „erfordert unseren ganzen Einsatz." „Im Strandhotel ist ein Toter im Pool gefunden worden!", rief Thomas.
„Seine Frau suchte ihn kurz zuvor, dann rief sie uns an, als sie ihn fand."
René Brandt, eifrig wie immer, zog sich schnell seinen abgewetzten Mantel über und konnte es kaum erwarten, den Fall zu untersuchen. Längst hätte er sich einmal einen neuen Überwurf kaufen können, aber irgendwie brachte ihm dieser Fetzen Glück, glaubte er jedenfalls. Anna lachte und meinte: „Dann ist es ja gut, dass ich meinen Dienst hier angetreten bin." Die drei Beamten machten sich auf den Weg zum Strandhotel. Der alte Dienstwagen quietschte beim Zurücksetzen, aber die Hauptsache, er bringt sie überall hin. Im Hotel angekommen, wurden sie schon von einem Haufen Leute empfangen.

Ärzte, Sanitäter und Bestatter gaben sich die Klinke in die Hand. Kommissar Sörensen stellte seine Kollegen Brandt und Feddersen vor; und sie begannen auch sofort mit der Befragung. Der Hotelmanager sagte aus, dass ein älteres Ehepaar vor ein paar Tagen ein Zimmer bezogen hätte. „Sie stritten viel, aber dies ist wohl nichts Besonderes in dem Alter", meinte er. „Sie gingen zusammen ins Schwimmbad, mehr weiß ich nicht", antwortete er. „Anna Feddersen war noch recht unsicher und hörte genau zu, wie ihre Kollegen vorgingen.
„Thomas", sagte René, „wir müssen nachforschen, wo sich das Ehepaar vor dem Schwimmbadaufenthalt aufgehalten hat." „Eigentlich sollten wir erst einmal die Ehefrau des Toten befragen", antwortete Anna.

„Sie sitzt vor dem Hoteleingang, in Tränen aufgelöst."
Herr und Frau Jonson kamen extra aus England, um auf der schönen Insel
Urlaub zu machen. Die Engländerin saß in Tränen aufgelöst, auf einer Bank vor
dem Hotel. Sie regte sich nicht. Anna ging auf sie zu und versuchte sie in ein
Gespräch zu verwickeln. „Leider muss ich ihnen ein paar Fragen stellen", sagte
Anna vorsichtig. Noch wusste keiner von den Kommissaren, mit welchem
eigenartigen Fall sie es bald zu tun bekamen. Zögerlich antwortete die alte Frau
auf die Frage, wie sich alles abgespielt habe und was sie gesehen habe: „Tja, was
soll ich denn sagen, ich hatte meinen Mann begleitet, da er etwas behindert ist",
sagte sie nervös. „Ich half ihm noch ins Wasser zu steigen und wartete. Plötzlich
fing er an zu zappeln, obwohl er ein guter Schwimmer war", sagte sie noch.
René wurde neugierig: „War er denn krank?" „Nein, er war gesund", sagte die
alte Dame. „Als ich ihn herausziehen wollte, war er schon tot. Mehr kann ich
nicht dazu sagen", meinte sie.

„Kommen Sie, Anna!", rief Thomas Sörensen. „Wir werden hier noch einiges zu
tun haben." Als die drei Beamten, vorneweg Anna, denn sie hatte die Leitung des
Kommissariats übernommen, sich im Auto beratschlagten, klopfte jemand an
die Scheibe des Dienstwagens. Es war die Angestellte der Bar auf der oberen
Etage. Daran grenzte direkt das Schwimmbad.

„Liselotte, ist mein Name", stellte sich die Frau vor. „Ich arbeite schon etwas
länger als Kellnerin hier im Strandhotel. Ich halte immer die Augen offen", sagte
sie. „Es sind schon oft schlimme Dinge hier geschehen." „Was haben sie uns denn
zu sagen?", fragte Thomas Sörensen? „Am Tage des Unfalls, habe ich das
verdächtige Ehepaar in der Bar bedient", antwortete sie eifrig. Liselotte sprach
weiter: „Er trank nur einen Saft, wogegen seine Frau einen Whiskey nahm",
überlegte sie. Thomas Sörensen bohrte und wollte wissen, wie es weiter ging.
„Eigentlich soweit nichts Besonderes", sagte das Mädchen.

„Jedoch sah ich, wie sie, als er auf der Toilette war, etwas in sein Glas fallen
ließ", fuhr sie fort. Anna hörte aufmerksam zu. „Dann werden wir so schnell es
geht eine Obduktion anordnen", befahl sie nervös. „Hier können wir erst einmal
abziehen", rief René.

...

Später ergab die Obduktion, dass dieser ältere Mann von seiner Frau absichtlich
mit einem Nervengift getötet werden sollte. Nachdem er ins Wasser sprang,
schoss ihm das Blut dermaßen schnell in den Kopf und der Druck war so stark,
dass seine Arterien platzten. Er war sofort tot. Die Ehefrau wurde sofort vom

Kommissaren-Team verhaftet. Sie verbringt nun die restlichen Jahre ihres Lebens hinter Schwedischen-Gardinen.

...

Warum sie ihren Mann umgebracht hat? Seine Lebensversicherung betrug eine halbe Million. Da diese Frau älter war als ihr Gatte, wollte sie noch einmal aus dem Vollen schöpfen. Bis zum Schluss war sie sich sicher und dachte, man könne ihr so schnell nichts beweisen. Wenn sie nicht beobachtet worden wären, hätte es vielleicht geklappt.

Wieder geht ein Tag im Sonderdezernat H1 zu Ende. Seit Anna Feddersen da ist, läuft alles wie geschmiert. Der Ehrgeiz hat sich von ihrem Großvater und Vater auf sie übertragen. Was sie noch nicht weiß, René Brandt hat ein Auge auf sie geworfen. Ja, dann wollen wir mal abwarten.

Eine große Enttäuschung

Henry und Margot Bremer waren schon sehr lange verheiratet. Jedes Jahr machten sie in Westerland Urlaub. Da sie kinderlos geblieben waren, Margot konnte durch eine Unterleibserkrankung keine Kinder bekommen, erfüllte Henry seiner Frau jeden Wunsch. Dass die Bremer reich waren, wussten alle auf der Insel. Henry und Margot führten eine Kaffeerösterei. Die größte in Norddeutschland.

An jenem sonnigen Urlaubstag machte Margot ihrem Mann den Vorschlag, doch einmal alleine mit dem Boot rauszufahren, da sie sich recht gut auf dem Wasser zurechtfand und auch das Boot gut kannte, stimmte Henry der Idee zu. Er sagte nur: „Margot, bitte sei vorsichtig, denn hier auf der Insel lungern neuerdings zwielichtige Gestalten herum." Margot nickte dankbar und ging hinaus. Das Meer war ruhig und niemand vermutete einen solch schlimmen Vorfall, wie er sich kurze Zeit später ereignete.

Henry freute sich, auch mal für kurze Zeit seinem Hobby nachgehen zu können, ohne dass ihm seine Frau reinredete. Margot hielt nicht viel von seinem Hobby. Seine Briefmarkensammlung schleppte er überall mit hin, sogar im Urlaub durfte sie nicht fehlen. Die Zeit verging.

So gerne er auch alleine war, so freudig würde er seine Frau empfangen, wenn sie doch endlich käme. Henry Bremer fuhr zu dem Ankerplatz, an dem sich das Boot befand.

Er sah nichts. Weit und breit war seine Frau nicht zu sehen. Das Wetter war schön, die Sicht klar und ein leichter Wellengang spiegelte sich in der Sonne. Es war ruhig. Zu ruhig.

Henry Bremer rief die Wasserschutzpolizei an: „Moin, Bremer am Apparat. Ich mache gerade Urlaub hier auf der Insel. Meine Frau ist mit unserem Motorboot unterwegs. Sie wollte schon vor einigen Stunden wieder da sein. Ich hab schon nachgeschaut, nur sehe ich sie nicht. Bitte helfen sie mir."

„Guten Tag, Herr Bremer. Ich kenne Sie gut. Bitte beruhigen Sie sich", sagte der Polizeibeamte Klaus Steiner am anderen Ende der Leitung. Er sprach in einem sehr ruhigen Ton mit Henry, denn er merkte, dass dieser Mann panische Angst hatte: „Wir fahren sofort raus, bitte machen Sie sich keine Sorgen, wir werden sie schon finden."

Es vergingen viele Stunden des Wartens. Da klingelte das Telefon: „Herr Bremer, wir haben alles abgesucht. Leider fehlt von ihrer Frau jede Spur", sagte der Beamte. „Wenn alle Stricke reißen, müssen wir Taucher einsetzen", so Klaus Steiner. Henry antwortete mit zittriger Stimme: „Ja, ich glaube schon, dass sie ihr Bestes geben."

Tage später musste Klaus Steiner von der Wasserschutzpolizei Taucher einsetzen. Doch keine Spur von einem Motorboot, geschweige denn von Frau Bremer. Genau einen Monat später bekam Henry Bremer Post. Ein Brief, worin stand, dass er, wenn er seine Frau wieder haben wolle, eine Million Euro, in großen Scheinen, in ein Flughafenpostfach in Westerland, mit der Nummer 34, legen solle. Wir geben ihnen dafür 12 Stunden Zeit, stand in diesem Brief, der mit einer sehr undeutlichen und kindlichen Handschrift geschrieben war.

Henry wurde blass, sein Herz raste, sodass er seinen Herzschlag hören konnte. Als er sich etwas gefasst hatte, rief er Anna Feddersen und Thomas Sörensen an. Er kannte die beiden Kommissare gut. Damals ging es um Diebstahl. Der gesamte, sehr kostbare Schmuck seiner Frau, wurde aus dem Hotelsafe gestohlen.

Rückblick:

Um den Schmuck und die persönlichen Dinge zurückzubekommen, sollte der Kaffeefabrikant Henry Bremer eine Million in einem Bahnhofsschließfach deponieren. Sie vereinbarten damals, dass der Schlüssel in einem kleinen Mauerspalt über dem Schließfach gesteckt werden sollte. Die Stimme des Erpressers war verstellt und nicht zu erkennen. Jedenfalls drohte man damit, seine Frau bei Nichtbezahlung des Lösegelds umzubringen. Weder Anna Feddersen, noch Herr Bremer, konnten die Vorfälle richtig deuten.

Anna versuchte zu kombinieren. „Eine reiche Unternehmergattin wird samt ihrem Boot gekidnappt und nun wird Herr Bremer erpresst. Wo soll ich da anfangen?", überlegte die junge Kommissarin. Sie rief den Unternehmer Henry Bremer an und sagte: „Bitte, wir müssen es darauf ankommen lassen, geben sie den Erpressern nach und deponieren sie das Geld, alles andere überlassen sie uns."

Wochenlang passierte nichts. Von morgens bis zum Abend wurde nun das Schließfach im Bahnhof überwacht. Doch eines Abends, als sie die Hoffnung schon aufgeben wollten, hatten sie Erfolg.

Eine mittelgroße Person ging langsam auf das Schließfach zu. Die Gestalt war völlig verkleidet und glaubte, so nicht aufzufallen. Doch trotz Sonnenbrille, langem Mantel und Perücke, konnte man schnell hinter das Geheimnis kommen. Gierig griff diese Person in den Mauerspalt und fingerte den Schlüssel heraus. „Komisch", sagte Anna, „das sind doch Frauenhände." Die sonderbare Gestalt schloss hastig das Schließfach auf und griff zu den Geldbündeln. Schnell stopfte sie das Geld in einen Rucksack. In diesem Augenblick schlugen Anna Feddersen und ihre Kollegen zu. Sie hielten die Person fest, nahmen ihr den Rucksack weg und rissen ihr die Perücke herunter.

Fast blieb der Kommissarin der Atem stehen. Zum Vorschein kam die Ehefrau des Unternehmers Henry Bremer. Margot Bremer wäre am liebsten im Erdboden versunken. „Da schlägt es doch dem Fass den Boden aus", schimpfte Anna. Sie musste sich zusammenreißen, denn ihre Impulsivität hat sie schon oft in Schwierigkeit gebracht. „Wir werden uns lange unterhalten müssen, Frau Bremer", sagte sie.

Auf dem Kommissariat erzählte Margot unter Tränen: „Ich wollte einfach nur weg, weit weg." Weiter erzählte sie: „Ich konnte diesen Druck nicht mehr ertragen." Ohne Pause redete sie weiter: „Wir sind millionenschwer und doch musste ich um jeden Euro betteln. Ich wollte einfach nicht mehr." Sie sagte: „Ich hatte vor, mir in Texas eine Ranch zu kaufen und wäre mit einem anderen Namen untergetaucht. Diese Million hätte aus meinem Mann keinen armen Menschen gemacht und meine Seele wäre endlich frei gewesen." „Ich muss sie trotzdem verhaften, Frau Bremer, denn sie haben sich strafbar gemacht", sagte die Kommissarin. „Wir haben alle miterlebt, wie ihr Mann gelitten hat, darum kann ich ihr Verhalten nicht nachvollziehen", schimpfte Anna. Ihr Mann verzieh ihr. Das war damals ... und was erwartete die Kommissare heute?

Das Sonderdezernat H1 schaltete eine Großfahndung. Und plötzlich ging alles sehr schnell. An der dänischen Küste wurde das Boot gesichtet. Dänische Kollegen beobachteten ein Paar, das hin und wieder nach dem Boot schaute. Sie wurden verhaftet. Anna Feddersen ahnte eine Verbindung zum damaligen Fall. Sie sollte Recht behalten, Margot Bremer war wieder die Drahtzieherin. Sie hatte nun einen Freund, beide wollten mit der Million in die Staaten. „Erzählen sie mir nicht wieder eine Geschichte unter Tränen. Ich bringe sie gleich zum Staatsanwalt", sagte Anna angesäuert.

„Was treibt einen Menschen dazu, so zu handeln? Habgier, Angst und Verzweiflung? Ich weiß es nicht. Doch es gibt nun einmal Gesetze in diesem Land, die uns den Weg weisen und uns einfach nicht erlauben, mit der Angst der Anderen zu spielen. Es steht uns nicht zu, zu erpressen, zu stehlen, zu betrügen oder gar zu morden.", dachte Anna im Stillen.

Dieses Mal konnte Herr Bremer seiner Frau nicht verzeihen. Er war nur sehr enttäuscht...

Missbraucht und entsorgt

Lars, ein 18-jähriger junger Mann, wohnte mit seinen Eltern Sven und Margo Hansen in Alt-Westerland in der Nähe der Dorfkirche Sankt Niels. Ein relativ ruhiger Ort. Tagsüber spielte sich nie viel ab. Lars arbeitete, nachdem er seine Ausbildung als Agrarier gemacht hatte, im landwirtschaftlichen Betrieb seiner Eltern mit. Der Betrieb lag in Archsum.

Einige Felder, Kühe und Schafe gehörten dazu. Lars setzte sich für die Interessen der Landwirte mit vollem Eifer ein. Die Arbeiten machten ihm Freude. Niemand rechnete in dieser stillen Gegend mit einem so grausamen Mord. An einem Sonntagmorgen fand Sven Hansen seinen Sohn wie auf einer Schlachtbank aufgebahrt. Im Gerätehaus seines Anwesens lag er lang ausgestreckt auf einer großen Werkbank. Arme und Beine auseinander. Hände und Füße waren festgenagelt. Den Mund hatte man dem Toten weit geöffnet und eine Fahne hineingesteckt mit der blutigen Aufschrift: Er hat es verdient.

Sven Hansen brach zusammen. Zu grausam war der Anblick seines geliebten Sohnes. Sven wurde bewusstlos und erwachte erst wieder im Krankenhaus. Man erzählte ihm noch einmal vorsichtig, was geschehen war. „Wo ist meine Frau!", rief Hansen laut und weinte fürchterlich. Jetzt half ihm nur noch eine Beruhigungsspritze. Er fiel in einen Dämmerschlaf und wurde erst wieder wach, als die beiden Kommissare René Brandt und Thomas Sörensen eintraten. Sie setzten sich an sein Bett und erzählten ihm, dass seine Frau Margo immer noch nicht das Bewusstsein erlangt hatte. Der Schock war einfach zu groß, den sie erlitt. Weitere Informationen und Fragen wollten sie sich sparen und verabschiedeten sich vorläufig von ihm.

Der benachbarte Bauer Knut Rassmus wollte am Tage des Mordes bei den Hansens frisches Lammfleisch abholen. Dies stellten die Beamten nach einigen Recherchen fest. Knut Rassmus selbst züchtete Pferde. Er besaß riesige Äcker auf denen er Mais und Getreide anbaute. So richtig konnten die Familien sich untereinander nie anfreunden. Ständig musste sich Knut Rassmus von Sven Hansen anhören, wie leichtsinnig er doch sei mit dem Gatter für seine Pferde. Zu oft sprangen die Tiere hinüber und liefen auf Hansens Felder herum. Jahrelange Streitigkeiten zermürbten die Familien. Irgendwann platzte Knut Rassmus der Kragen. Konnte er sich denn nicht auch freundschaftlich mit ihm auseinandersetzen?

„Viel hätte man in der Vergangenheit schon regeln können", dachte Rassmus. Aber wenn er genau darüber nachdachte, wollte er es eigentlich nicht. Er hatte hauptsächlich etwas anderes vor. Einen riesigen Denkzettel musste er den Hansens verpassen. Dieser grausame Plan reifte in seinem kranken Gehirn schon lange heran.

Der Zustand von Margo und Sven Hansen besserte sich nur langsam. Zu schlimm war das, was sie erleben mussten. Einige Tage später versuchten die Beamten erneut etwas von den Hansens zu erfahren. Jede Kleinigkeit könnte zur Aufklärung des Falles beitragen. Man konnte deutlich merken, dass Sven Hansen unter Beruhigungsmitteln stand. René Brandt fragte ihn über seinen Nachbarn Rasmus aus und bekam eine Antwort, mit der er nicht gerechnet hatte. Es stellte sich heraus, dass Rassmus schon mal wegen Kindesmissbrauchs gesessen hatte. „Sven, können sie uns noch etwas mehr sagen? Was fällt ihnen noch ein über diesen Typ?", fragte Thomas Sörensen. Noch bevor Hansen antworten konnte, fiel er in einen tiefen Schlaf. „Komm René, wir gehen", sagte Thomas Sörensen. „Ich glaube wir können heute hier nichts mehr erfahren!"

Die beiden Beamten von der Hörnumer Sonderkommission H1 zogen davon. In ihrem Büro angekommen, machten sie sich über diesen grausamen Mord Gedanken. „Mensch, René", sagte Thomas Sörensen. „Der Junge ist regelrecht hingerichtet worden! An Händen und Füssen festgenagelt, einfach grausam." „Hatte Lars Hansen eigentlich Feinde?", fragte René. „Keine Ahnung", meinte Thomas Sörensen, „lass' uns forschen, wer zu seinem engsten Bekanntenkreis zählte. Vielleicht kommen wir da weiter. Also legen wir los."

Margo und Sven Hansen wurden einige Wochen später entlassen. Sie wollten sich sofort mit Arbeit von ihren Sorgen und ihrer Trauer ablenken. Es fiel ihnen sehr schwer. Lars war nicht mehr da und der Tatort lag so, dass er zwangsläufig ständig daran vorbeimusste. Auch an diesem Tag. „Nanu, was ist denn das? Margo, komm' doch mal schnell her", sagte er. „Schau' einmal", rief er. Eine abgeschlagene Fingerkuppe lag auf dem Boden. Ohne zu überlegen, wickelte Sven den Finger in ein Tuch und legte ihn in den Kühlschrank.
Er rief sofort Thomas Sörensen und René Brandt an. Der Finger sah noch relativ frisch aus, auch kein Wunder bei der Kälte. Die Inspektoren kamen so schnell sie konnten. Schnell fuhren sie mit der Fingerkuppe, in einem Kühlbehälter, zur Pathologie. Nach eingehender Untersuchung stellte man fest, dass diese Fingerkuppe einem zwischen 30 und 40 Jahre alten Menschen gehörte.
Die Beamten waren sprachlos. Der Fall wurde immer eigenartiger. Wo sollten sie nur anfangen zu suchen? Aus anfänglichen Recherchen wussten sie, dass Rassmus kein unbeschriebenes Blatt war. Könnten sie etwa Glück haben? Rasmus hatte ein dunkles Geheimnis jahrelang mit sich herumgetragen.

Der Missbrauch eines Kindes brachte ihn für lange Zeit ins Gefängnis. Es kam noch Raub und Waffenschmuggel dazu.

Wegen guter Führung entließen sie ihn, unverständlicherweise viel zu früh. Er hasste seine Nachbarn und wollte sich an ihnen rächen, vermuteten die Kommissare. Sie sollten wohl recht haben. Sie beschlossen so schnell wie möglich den Bauernhof des Knut Rassmus aufzusuchen. Rassmus saß im Hof seines Anwesens auf einem Stuhl mit dem Rücken den Männern zugewandt. Thomas rief laut: „Rassmus, drehen sie sich doch einmal um, wir müssen ihnen einige Fragen stellen." Doch dieser antwortete nicht.

Neben ihm auf dem Boden lagen ein Abschiedsbrief und eine Waffe. Blut tropfte auf den Boden. René schrie immer noch: „Verdammt noch mal, drehen sie sich doch um, sind sie schwerhörig?" Er konnte die Situation noch nicht realisieren. „Lass' mal René", sagte Thomas, „da kommt nichts mehr, er hat sich erschossen!" „Ist auch wohl besser für ihn, denn im Knast hätte man Hackfleisch aus ihm gemacht." In dem Abschiedsbrief gestand Rassmus den gemeinen Mord. Wie sich später herausstellte, fanden Beamte am Tatort in Archsum eine zweite Blutgruppe. Rassmus muss sich dort wohl bei seiner Tat verletzt haben und warf seine Fingerkuppe dort weg.

„Hast du Lust zum Feierabend ein Bierchen mit mir zu schlürfen Thomas? Ich lade dich ein? Morgen wartet wieder reichlich Arbeit auf uns." René grinste: „Ja, komm', hauen wir ab."

Roswell auf Sylt?

Die Strandpromenade in Westerland war recht gut besucht. Der Himmel war wolkenlos, ganz langsam zog die Sonne in Richtung Westen. Vater und Sohn Feddersen genossen diesen Spätsommertag. Sie saßen nahe der Musikmuschel und beobachteten das Treiben auf dem Gehweg, die Wellen der Nordsee und die Nahrungssuche der Möwen. Beide lachten, als ein Urlauber in jeder Hand einen Teller mit Bratwurst irgendwie zu seinem Strandkorb bringen wollte und von Möwen attackiert wurde. „Die haben doch einen Plan!", lachte Werner Feddersen. „Hier sitze ich jeden Tag seitdem Mutter nicht mehr bei uns ist. Pass' auf, einige Möwen lenken den Urlauber rechts ab und links schlägt eine Möwe zu", sagte Werner Feddersen. Und tatsächlich, so kam es auch. Beide lachten und amüsierten sich.

„Hast du etwas von deinem Freund Robert gehört, Vater?", fragte Martin. „Ich habe ihn vor drei Wochen besucht, er ist seit 1977 im Betreuten-Wohnen, ja, das war bitter für ihn", fuhr Werner fort. „Du erzähltest mir nie alles von früher, was ist denn nun wirklich passiert in den Dünen? Eigentlich wolltet Ihr doch schon in den 1950'ern ein Sonderdezernat gründen, oder?", wollte der Sohn wissen.

„Zu meiner Berufszeit hätte und durfte ich darüber nie sprechen dürfen. Dann wäre meine berufliche Laufbahn zu Ende gewesen. Aber mein Freund und Arbeitskollege Robert, damals Kriminalmeister, konnte alles nicht richtig verkraften. Wir waren auf der Panzerstraße vor List unterwegs. Eigentlich war es ein offizieller Einsatz. Wir sollten zum Leuchtturm West fahren.

Du weißt der, der am Ellenbogen liegt." „Ja, Vater, ich war mit Anna und Paul zum Windsurfen dort", warf Martin ein. Werner Feddersen fuhr fort: „Wir sahen einen Leuchtpunkt zwischen den Wolken. Es war um etwa 9 Uhr. Die Sonne stand rechts von uns. Wir stiegen aus dem Auto, es war Roberts Privatwagen. Wir wollten das Objekt direkt sehen, ohne Spiegelungen der Autoscheibe. Einen DKW hatte Robert. Der Leuchtpunkt wurde greller, er kann aber auch ganz einfach näher gekommen sein. Wir wussten nicht, wird er nur heller oder kommt er auf uns zu. Dann hörten wir einen lauten Knall. Der Leuchtpunkt war aber immer noch zwischen den Wolken. Später vermuteten wir, es muss etwas mit der Überschallgeschwindigkeit zu tun haben. Plötzlich wurde aus dem Leuchtpunkt ein Objekt. Es taumelte. Das Objekt sah metallisch aus, eher oval oder länglich, nicht rund. Es taumelte wie ein Schiff auf der Nordsee. Plötzlich zündeten irgendwelche Düsen, die zur Erde gerichtet waren. Es schien abzustürzen, es kam näher und näher. Es war so nahe, wir erkannten eine Zigarrenform, ohne Flügel, ohne Fenster. Lediglich Düsen waren zu erkennen. Vier hinten, vier um das Objekt verteilt, eine vorne. Mein Gott, schrie ich, das ist ein UFO! Wir suchten Deckung links neben der Panzerstraße im Graben. Das UFO schoss auf die Dünen zu, taumelnd schaffte es das UFO, dass es im flachen Winkel einschlug. Wieder ein lauter Knall. Mit eigener Kraft stieg es wieder auf. Es gewann an Höhe und flog in Richtung Westen ab. Ein weiterer Knall und das Objekt war verschwunden.
Robert und ich fanden einen Gegenstand an der Einschlagstelle, ein Teil der vorderen Düse, leicht wie Kunststoff war es. Das Labor stellte fest, es war härter als Stahl. Wir wurden verpflichtet über diesen Vorfall nichts zu sagen. Zuerst wollten wir nämlich ein Sonderdezernat gründen, aber es gab Befehle von ganz oben. Robert hatte danach schlimme Albträume. Einige Jahre später ging er in den Vorruhestand. Seit 1970 schaut Robert mich nur noch mit einem leeren Blick an. Ja, Sohn, das war 1957. Ja, so war es, genau so. Heute bin ich 88 Jahre, mir würde eh niemand glauben."

„Danke, Vater, dass Du mir dies anvertraut hast. Dann habt ihr beide ja euren eigenen Roswell-Zwischenfall erlebt... unglaublich", sagte Martin Feddersen und nahm seinen Vater in den Arm.

Es war ein herrlicher Tag. Die Möwen suchten immer noch nach Opfern. Bratwurst ohne Senf wäre toll für sie. Die Sonne ging langsam im Westen unter, groß und rot war sie.

Sein letzter Fall

Das Sonderdezernat H1 existiert nun bereits fast 60 Jahre. Wir sind im Jahr 2022. Kriminalhauptmeister Werner Feddersen ist längst in den verdienten Ruhestand versetzt worden. Mittlerweile ist er 96 Jahre alt. Seine Frau ist vor 12 Jahren gestorben, sein Sohn Martin ist Kommissar und seit vielen Jahren Dezernatsleiter. Martin Feddersen ist glücklich mit seiner Ilona verheiratet. Zwei Kinder haben sie, Anna und Paul. Wie sollte es anders sein sind beide im Polizeidienst. Paul arbeitet in Bayern, dort hat er seine große Liebe gefunden. Anna blieb auf der Insel, sie geht ganz in den Fußstapfen vom Opa und vom Vater auf. Sie arbeitet auf die Übernahme des Sonderdezernat H1 hin. Immerhin ist ihr Vater Martin bereits 66 Jahre.

„Moin, Sheriff!", rief Martin seinem Vater zu. Sein Vater lebte mittlerweile im Betreuten-Wohnen in Westerland. „Moin Junge, was bringst du Gutes bei dem Sturm?", antwortete Vater Werner. „Ich habe da so einen Fall, der mit deiner Dienstzeit zu tun haben könnte. Der Hafen von Hörnum wird gerade modernisiert. Bei Abrissarbeiten wurden Mauern des ehemaligen Towers des Seefliegerhorstes freigelegt", erzählte Werner. „Ja, mein damaliges Hauptquartier in den 1960'er Jahren. Dort bauten wir das Sonderdezernat H1 auf", erinnerte sich der Ex-Kriminalhauptmeister. „Ich weiß, ich weiß, Vater. Und Du hast den Revolver immer lässig getragen", sagte Martin ungeduldig. „Ha, ha, ha", lachte Werner, „dabei hatte ich ihn nur ganz selten dabei. Mit Logik und Verstand löste man die Fälle."

„Ja, du hast ja recht, Vater. Auf jeden Fall haben Bauarbeiter eine sehr gut erhaltene Leiche hinter einer zweiten Wand entdeckt. Er war der Politiker Ernst Bredenger, sagt Dir das etwas?", fragte Martin Feddersen.

Werner Feddersen war zwar an Demenz erkrankt, aber sein Langzeitgedächtnis arbeitete tadellos, und so freute er sich darüber, zu dem Fall etwas beitragen zu können. „Warte Sohn, warte. Ja sicher, ich erinnere mich. Es war die Zeit um 1960 bis 1966. Das Sonderdezernat H1 hatte mit den schweren Jungs auf See zu tun. Es wurde viel geschmuggelt. Die Wasserschutzpolizei schloss sich uns an. Wir arbeiteten eher verdeckt. Die Politik machte aber ein riesiges Getöse aus der Sache. Ich erinnere mich noch, als dieser Politiker, na, wie hieß er noch?" „Bredenger, Ernst Bredenger, Vater", warf Martin ein. „Ja, richtig, Bredenger. Er erklärte den Schmugglern den Krieg. Sylt solle sauber bleiben, rief er laut auf dem Rathausplatz. Und was war? Er wurde von einem gut betuchten zugezogenen Kriminellen bestochen. Wir nannten den Fall damals den Schickimicki-Fall und dachten, dass der Politiker über alle Berge war. Und der ist jetzt gefunden worden? Das ist ja ein Ding." „Kannst du dich an den zugezogenen Mann erinnern?", fragte Martin. „Nein, den haben wir nie gefasst. Der einzige Fall, der unter meiner Leitung nie aufgelöst wurde. Aber warte, da ist noch etwas. Er sagte immer zu unserem Spitzel, dass er in der Lage sei, blitzschnell zu flüchten. Hilft dir das, Sohn?", sagte der Ex- Kriminal- hauptmeister Werner Feddersen. „Ganz bestimmt, Sheriff. Lass' uns am Sonntag Mutter auf dem Keitumer Friedhof besuchen. Ist das okay?", fragte Martin. „Prima, ich freue mich!", rief der Vater seinem Sohn bei der Verabschiedung zu.

Im Sonderdezernat H1 trug man alle Fakten zusammen. „Wenn wir den Fall noch aufklären, dann kannst du ja beruhigt in Rente gehen", sagte Kommissar Jürgens, der gerade vom Festland kam.

„Und was meinte dein Vater damit, dass dieser Mister X blitzschnell die Insel verlassen könne?", fragte ein Kommissar René Brandt. „Ich vermute", so Martin Feddersen, „unser Mister X müsste nahe am Flughafen, an den Häfen List, Munkmarsch oder Hörnum wohnen oder am Sylt-Shuttle in Westerland. Ich habe da so eine Idee. Anna, gehe bitte zum Bauamt und lass' dir eine Liste über Neubauten in den 1960'er Jahren geben."

Am nächsten Tag arbeitete das Sonderdezernat-Team diese Liste ab. Ein verdächtiger Eintrag ließ die Beamten aufhorchen. Der Eintrag im Grundbuchamt „Ungereimtheiten beim Erwerb des Grundstücks Westerland nahe Bahnhof F65/Akte 3487" deutete vielleicht auf Bestechung hin, denn der Besitzer war bei der Polizei aktenkundig. Natürlich konnten die Beamten auch völlig falsch liegen. Die Kommissare Feddersen und Tochter überprüften das Grundstück und die Bewohner. Im besagten Haus trafen sie auf den 78-Jährigen Horst Hofer. Das Haus war sehr luxuriös eingerichtet. Ein Geländewagen und ein Jaguar standen vor der Tür. Horst Hofer mit Goldkettchen und braungebrannten Körper. „Moin, Herr Hofer. Ich habe da einmal eine Frage und würde gern sofort zur Sache kommen. Sagt ihnen der Politiker Ernst Bredenger etwas?", fragte Kommissar Martin Feddersen. „Äh, lassen sie mich überlegen, Herr Kommissar", antwortete Horst Hofer. „Herr Hofer, ihre Fingerabdrücke wurden auf Gegenständen des toten Politikers gefunden. Was sagen sie nun?", sagte Kommissarin Anna Feddersen forsch. Nach einem weiteren intensiven Verhör im Gebäude des Sonderdezernat H1 gestand der 77-Jährige den Mord. Und Mord verjährt nie.

Tage später besuchte Familie Feddersen wie versprochen mit Sheriff Werner Feddersen den Keitumer Friedhof. Danach ging es zu einem Gebet in die Kirche St. Severin. Es war ein herrlicher warmer Tag mit einem strahlend blauen

Himmel. Martin Feddersen nahm seine Tochter Anna und seinen Vater Werner in den Arm und sagte: „Alles geht seinen Weg, alles kommt so wie es kommen soll. Dein Opa, liebe Anna, war mein Vorbild und gründete das Sonderdezernat H1 in Hörnum. Morgen übergebe ich dir die Leitung. Ich freue mich, dass auf der Insel Sylt immer Recht und Ordnung durch unsere Familie herrschte. Ich bin stolz drauf." „Und denke daran, liebe Enkelin, die Dienstwaffe muss zwar sein, aber löse deine Fälle immer mit Logik und Verstand. Herzlichen Glückwunsch zur Beförderung", sagte der Ex-Polizeihauptmeister Werner Feddersen.
Es war ein herrlicher Tag auf der Insel Sylt.

Annas Fall

Wenn ich mich noch nicht vorgestellt habe, so tu ich es hiermit. Ich heiße Anna Feddersen, bin 30 Jahre jung und trete das Erbe meines Großvaters und Vaters an. Ich habe vor kurzem das Sonderdezernat H1 übernommen. Nun lasse ich die Herren Kollegen nach meiner Pfeife tanzen. Natürlich so, dass sie es nicht merken. René Brandt hat sich unsterblich in mich verguckt. Ich hatte es sehr früh gemerkt, aber mir nichts anmerken lassen. Hatte mich einfach blöd gestellt. Jedenfalls sind wir nun ein Paar. René ist wieder ledig. Seitdem er von seiner Frau geschieden ist, hat er nur Ärger mit dieser Schnepfe. Sie will immer mehr, obwohl sie ihn schon nackt ausgezogen hat. René ist ein toller Mann und hat so einen Scheiß nicht verdient. Den letzten Fall, den ich bearbeiten musste, bevor ich meinen ersten Urlaub antreten konnte, war folgender: Marion Hinrichsen ist hier aus Hörnum. Sie kam an diesem Tag aufgelöst und weinerlich in das Kommissariat und meldete ihren fünf Jahre alten kleinen Sohn als vermisst an. Er war, laut ihrer Aussage, schon über einen Tag verschwunden. Wenn ich gewusst hätte, dass diese Frau eine notorische Lügnerin und Psychopathin ist, hätte ich mich auf diesen Fall nicht eingelassen. Wir machten uns mit einem riesigen Aufgebot von Polizisten auf den Weg, um das Kind zu suchen und fanden ihn nicht.

Das ging tagelang so. Suchmeldungen und Plakate gingen über die ganze Insel. Nichts. Langsam hatte ich, so traurig es klingen mag, die Schnauze voll, denn ich traute dieser Frau nicht. Meine Menschenkenntnis war so groß, dass ich wenig später bestätigt bekam, was ich vermutete. Was wollte diese Hinrichsen? Was bezweckte sie mit dieser Aktion? Wo war der Junge? Ich glaubte nicht an eine

Entführung. Sie behauptete, dass ihr geschiedener Mann etwas mit dem Verschwinden des Kindes zu tun hätte.

Sie meinte auch, dass Olaf Hinrichsen, der Vater des kleinen Jungen, seine Finger da mit drin habe. Unglaublich. Der Fall wurde immer eigenartiger. Olaf Hinrichsen wurde von der örtlichen Kripo aufgesucht. Er wohnt am Ellenbogen der Insel. Tja, Olaf war ein liebevoller Vater, der sich immer gut um seinen Sohn kümmerte. Seine Nachbarn bestätigten dies. Hinrichsen hatte mit der Sache nichts zu tun, dass stand fest. Die Aufregung wuchs und wuchs. Olaf Hinrichsen kam ins Kommissariat und wollte helfen seinen Sohn zu finden. Hinrichsen ließ durchblicken, dass er seiner Frau nicht traue, denn sie wäre ganz schön sauer auf ihn. Olaf konnte ihr einfach nicht die Liebe geben, die sie von ihm erwartete, denn die Gefühle für diese Frau waren recht schnell abgekühlt. Oft behandelte sie das Kind ungerecht und schlug ihn. Olaf wollte das Sorgerecht für sich selbst beantragen, hatte aber kein Glück. Man glaubte nur Marion. Sie war die Mutter und das Kind sollte bei ihr bleiben. Marion Hinrichsen blieb jedenfalls dabei, dass ihr geschiedener Mann etwas mit dem Verschwinden des Kleinen zu tun habe. Nun gut, eines Morgens machten wir uns auf den Weg zur Wohnung von Marion Hinrichsen. Mir schwante etwas Schlimmes. Dort angekommen, stellten wir fest, dass diese Frau in einem tollen Reihenhaus lebte. Olaf hatte es ihr und dem Jungen überlassen. Geld hatte er genug. Er verdiente Millionen mit seinen Unternehmungen. Er vermietete für viel Geld Baumaschinen an Firmen, denn gebaut wird auf Sylt ständig. René, Thomas, Olaf und meine Wenigkeit, standen nun vor der Tür. Ich hatte ein komisches Gefühl und es sollte mich auch nicht täuschen.

Einen Summton vernahmen alle, nein, es war ein Wimmern. Vielleicht von einer Katze? Olaf Hinrichsen erkannte sofort, dass es sich um die Stimme von seinem kleinen Jungen handelte. Wir klingelten. Nach einer Weile öffnete Marion. Diese dummdreiste Person fragte uns auch noch, was wir denn wollten und was ihr geschiedener Mann hier zu suchen hätte.

Dieses Luder behauptete auch noch, dass Olaf ihren Sohn schon des Öfteren entführt hätte. Er solle doch gefälligst ihren Sohn zurückbringen. Das schlägt doch wohl dem Fass den Boden aus, oder? Wir stießen diese völlig kranke Frau zur Seite und bahnten uns einen Weg in Richtung Keller. Das Weinen des Kindes wurde immer lauter und eindringlicher. Olaf forderte seinen Sohn auf, durchzuhalten, er wäre sofort da. Ein riesiger, kalter Keller mit mehreren kleinen Räumen war zu sehen. In einem dieser Räume saß das Kind. An Händen und Füßen festgebunden. Nur mit einem dünnen Hemdchen bekleidet. Er weinte jämmerlich. Olaf Hinrichsen löste sofort seine Fesseln und nahm ihn ganz sacht in den Arm. Er versprach dem Jungen, dass nun alles gut würde und er nie mehr Angst haben müsse. Sein kleiner Körper war auch noch mit roten Striemen übersät. Es stellte sich später heraus, dass der kleine Junge schon jahrelang diese Qualen ertragen musste.

Weil Marion Hinrichsen sich von ihrem Mann nicht geliebt fühlte, ließ sie diesen Frust krankhafter Weise an dem armen Kind ab. Wenn Olaf an seinem Besuchswochenende seinen Jungen abholte, wurde ihm immer gesagt, dass das Kind sich wieder geprügelt habe. Dem Kleinen wurde verboten ein Wort darüber zu sagen, wenn ihn seine Mutter wieder einmal quälte. Aber Olaf hatte schon immer den Verdacht, dass da etwas nicht stimmte. Nun, was soll ich sagen, der Junge kam, nachdem der Vater das alleinige Sorgerecht beantragt hatte, für immer zu ihm. Dies versuchte er in der Vergangenheit schon öfter, doch man gab immer der Mutter den Vorzug. Marion Hinrichsen wurde in die Psychiatrie eingeliefert und muss danach noch ins Gefängnis. Hoffentlich kommt sie nie wieder frei.

Ach ja, bevor ich es vergesse. Nachdem ich aus dem Urlaub war, haben René und ich uns verlobt. Beim Fischessen überreichte er mir einen tollen Ring. Nun hab ich ihn für immer an der Backe, aber ich liebe ihn eben.

Mord unter Deck?

Schweißgebadet wachte Kriminalhauptkommissar René Brandt um 7 Uhr auf. „Anna!", schrie er, „ich habe verschlafen!" Jedoch waren seine Frau Anna und Tochter Roberta (Hurra! Ein Kind für Anna und René!) auf Mallorca. „Was wollen die beiden auf Mallorca, Sylt ist die schönste Insel", grummelte René und freute sich über die ersehnte Beförderung. Es war eben ein Gewinn für zwei Personen. Sieben Tage Malle mit allem Drum und Dran.

„Moin!", rief Brandt in die Runde auf der Wache in Westerland. „Schlecht geschlafen, Herr Kollege?", fragte Kommissar Thomas Sörensen. „Ach, Anna ist im Urlaub. Ich habe von einem Mord in List geträumt und dachte, ich hätte verschlafen", so Brandt. „Hier ist doch sowieso nichts los", sagte Praktikant Hannes Hansen kleinlaut (endlich ein Praktikant für die Aufräumarbeiten!). „Irrtum, Herr Oberkommissar in Wartestellung! Nicht in List ist etwas los, sondern in Munkmarsch. Meine Herren, ab zum Einsatzort!", entgegnete Sörensen.

Im Hafen von Munkmarsch angekommen, zeigte Kellner Jens Janson auf die Motoryacht „Anna Nass". „Na herrlich, Anna Nass, was für ein Name", dachte sich René Brandt in Gedanken an seine Frau Anna. „Der Gast wollte bereits vor dem gestrigen Sturm im Hafen festlegen, nun liegt die Jacht bei Ebbe und Flut am Watt", so der Kellner. Die Yacht lag leicht gekippt und nun trocken. „Wie kommen wir nun zu diesem Schiff?", fragte Praktikant Hansen. „Na, zu Fuß, Hannes, außerdem ist das kein Schiff, sondern eine Yacht. Nun hole die Gummistiefel aus dem Auto", orderte Kriminalhauptkommissar René Brandt. „Ich habe auch die Leiter mitgebracht!", rief Hannes Hansen stolz. „Aus dir wird noch ein echter Oberkommissar nach der Wartestellung", lachte Brandt.

Auf der Yacht fanden sie den leblosen Körper von Dirk van Bertram. Sein Kopf lag in einer Blutlache. Der Tote lag auf dem Bauch. Die Untersuchung begann. „Vergiss die Handschuhe nicht, Hannes!", rief der erfahrene Kommissar Brandt seinem Praktikanten zu. „Hier liegt eine Brieftasche. Der Name des Toten ist Dirk van Bertram. Seltsam, 2500 Euro sind im Scheinfach. Wollte die der Mörder etwa nicht?", wunderte sich Hannes Hansen. „Es muss ja kein Mord sein, Hannes", entgegnete Brandt. „Er wird sich doch nicht selbst einen auf die Mütze gegeben haben!", lachte der Praktikant.

„Apropos Mütze, eine Kapitänsmütze lag auf dem Deck", so Brandt und rief Dr. Knudsen in Keitum an, um den Toten untersuchen zu lassen. Nach zwei Stunden haben beide die Yacht auf den Kopf gestellt. Nichts Auffälliges konnten sie finden. „Hannes, hole den Doc aus Keitum ab, er ist jetzt in seiner Praxis", sagte Brandt. „Chef, die Flut ist gekommen. Soll ich das kleine Schiff nehmen?", fragte Hannes Hansen. „Das ist ein Boot, du Tütkopp, ein Schlauchboot mit Motor!", rief Brandt. „Spaß, Chef, war doch nur Spaß!"

„Moin, René. Was kann ich für dich tun?", fragte Dr. Knudsen. „Ach, ich sehe es schon." Dr. Knudsen drehte den Toten auf den Rücken. „Hier ist ja noch eine Brieftasche!", rief Hannes Hansen. „Ja, da schau an. Na, der Fall wird wohl sehr einfach zu lösen sein. Herbert Hövel gehört die Brieftasche. Ausweis, Führerschein und 200 Euro sind darin", freute sich Kriminalhauptkommissar Brandt. „War es ein Unfall oder ein Mord, Doc?", fragte der Praktikant. „Es war ein Schlag auf die Schläfe, sucht nach entsprechenden Gegenständen", so der Doc. „Tja, da haben wir viele Möglichkeiten. Hier liegen Sektflaschen, schwere Bierkrüge, Werkzeuge und sogar ein Toaster herum", der Kommissar fuhr sich durch die Haare. „Es kann ein Unfall gewesen sein, verdächtig ist die zweite Brieftasche", so Brandt weiter.

Zurück in der Wache schrieb Kriminalhauptkommissar René Brandt seinen Bericht. „... es wurde eine weitere Brieftasche gefunden, mit Ausweispapieren von Herrn Herbert Hövel", murmelte Brandt. „Herbert Hövel?", fragte Kommissar Thomas Sörensen, der gegenüber saß. „Den haben wir vor 2 Stunden aus einer Bar abgeholt. Er konnte die Zeche nicht bezahlen", so Sörensen weiter. „Dann haben wir ein Problem. Vielleicht war es dann doch ein Unfall", überlegte Brandt.

Nachfolgende Recherchen ergaben, dass sich Herbert Hövel und Dirk van Bertram gut kannten. Dirk van Bertram war Diamantenhändler und Herbert Hövel Kurier. Herbert Hövel gab an, nachts noch vor dem Sturm eine Tour durch die Whisky-Meile zu unternehmen. Nach dem Abendessen in Munkmarsch steckte van Bertram wohl versehentlich Hövels Brieftasche ein. Hövel konnte seine Aussage belegen und wurde frei gelassen. „Nun, dann wird van Bertram durch den heftigen Seegang und den Sturm gestürzt sein. So hat er sich dann wohl die Kopfwunde zugezogen", vermutete René Brandt. „Das ist ja wieder ein langweiliger Fall", murmelte Praktikant Hannes Hansen.

„Auf keinem der Gegenstände sind Spuren zu finden", sagte der Doc, der seinen Bericht abgeben wollte. „Aber von so vielen Flaschen Rum und Champagner bin ich ganz besurpen, nehmt bloß keine Blutprobe von mir", lachte der Doc. „Wenn sie wieder nüchtern sind, dann sagen sie, ob ihnen sonst nichts aufgefallen ist", sagte Brandt. „Wenn sie so fragen, eine Gürtelschlaufe ist gerissen. Aber das wird wohl nicht wichtig sein, obwohl, es ist eine Qualitätshose von Boss", ergänzte der Doc.

„Hannes, zeige noch einmal die Brieftasche vom Opfer!", rief Brandt. „Schaut einmal, hier ist eine Öse, es könnte eine Kette angebracht gewesen sein", so Brandt weiter. „Genau, und diese ist an der Gürtelschlaufe befestigt gewesen", überlegte Dr. Knudsen. „Dann sucht die Kette", ordnete Thomas Sörensen an.

Die Yacht lag weiterhin im Hafen von Munkmarsch. Kriminalhauptkommissar René Brandt und Praktikant Hannes Hansen zerlegten nun alles. „Was vermuten Sie, Chef?", fragte Hansen. „Nun, entweder wollte der Tote seine Brieftasche mit einer Kette sichern oder es war etwas an der Kette, was abgerissen wurde", sagte Brandt. „Finden wir nur die Kette, dann ist der Fall abgeschlossen und du hast pünktlich Feierabend", fügte Brandt hinzu.

„Boa, das ist ja Luxus pur, der LED-Fernseher verschwindet auf Knopfdruck hinter eine Wand!", rief Hannes. „Und? Suche weiter!", rief Brandt. „Ja, dieses Bild müsste eigentlich dort hängen, hier ist der Haken zum Aufhängen", staunte Hannes Hansen. „Chef, da ist ein Tresor hinter dem Fernseher!", schrie der

Praktikant. Am Tresor war ein Schlüssel eingesteckt. Am Schlüssel hing eine Kette. Es war die gesuchte Kette. Jetzt ist es wahrscheinlicher, dass es sich doch um Mord handelte. Die Kette mit Schlüssel könnte bei einem Kampf abgerissen worden sein.

„Diamanten, 2500 Euro in der Brieftasche, Alibis, hier stimmt doch etwas nicht", analysierte René Brandt. Brandt ordnete die Überwachung von Herbert Hövel an. Dieser tourte immer noch in der Whiskymeile umher. Jetzt war er in ständiger Begleitung eines jungen Mannes.

„Das ist alles sehr verdächtig. Lasst uns Undercover arbeiten", sagte Brandt auf der Wache. „Ich erledige das!", rief Praktikant Hannes Hansen. „Na, dann zeige, was du kannst, Herr Oberkommissar in Wartestellung", sagte Kommissar Sörensen.

In der Bar wartete Hansen bis Herbert Hövel abgefüllt war. Das war seine Gelegenheit, um mit Hövels Begleiter Kontakt aufzunehmen. Beide schwärmten für Ferrari, Rolex und Frauen. „Ich bin der Siggi. Lass' uns noch einen heben, mein Vater ist ja schon fertig mit der Welt", sagte Siggi Hövel, dessen Namen ja nun bekannt wurde. „Ja, eine Rolex hätte ich auch gern", schwärmte Hannes Hansen. „Die kann ich alle kaufen, alle! Schau her, ein ganzes Säckchen Diamanten. Mein Vater und ich handeln damit. Uns gehört die Welt!", ritt sich Siggi in die Falle.

Noch in der gleichen Stunde wurden Vater und Sohn Hövel festgenommen. Beide gestanden, die Geschichte vorgetäuscht zu haben, um an die Diamanten zu kommen, was interessieren da 2500 Euro, die Diamanten hatten einen Wert von einer Million. Siggi Hövel erschlug Dirk van Bertram und raubte die Diamanten. Die Tatwaffe, ein Flasche Rum, warf er über Board. Der Fall war gelöst. „Endlich einmal Action!", rief Praktikant Hannes Hansen. Und René Brandt war froh, dass seine Frau Anna und seine Tochter wieder zu Hause waren.

SÜLTZ BÜCHER... bekannt mit den Gesundheits-Tagebüchern!

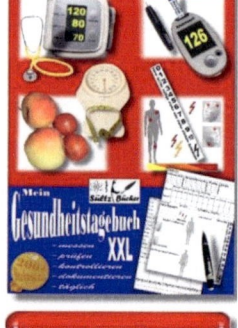

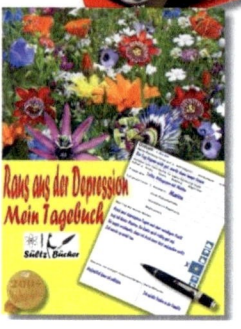

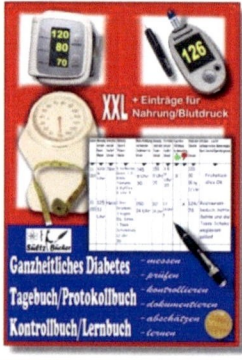

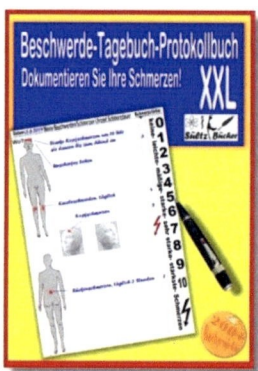

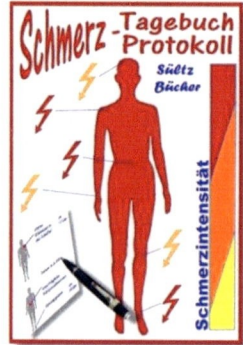